跟大师学
古典诗词

唐诗如何欣赏

俞陛云 ◆ 著

北方文艺出版社

图书在版编目（CIP）数据

如何欣赏唐诗 / 俞陛云著 . —— 哈尔滨：北方文艺
出版社，2019.3
ISBN 978-7-5317-4381-1

Ⅰ . ①如… Ⅱ . ①俞… Ⅲ . ①唐诗 – 诗歌欣赏 Ⅳ .
① I207.227.42

中国版本图书馆 CIP 数据核字（2019）第 033327 号

如 何 欣 赏 唐 诗
Ruhe Xinshang Tangshi

作　者 / 俞陛云

责任编辑 / 王　丹　金　宇　　　　　　　封面设计 / 锦色书装

出版发行 / 北方文艺出版社　　　　　　　邮　编 / 150080
发行电话 /（0451）85951921 85951915　经　销 / 新华书店
地　址 / 哈尔滨市南岗区林兴街 3 号　　　网　址 / www.bfwy.com

印　刷 / 三河市嵩川印刷有限公司　　　　开　本 / 880mm×1230mm　1/32
字　数 / 200 千　　　　　　　　　　　　印　张 / 9.5
版　次 / 2019 年 3 月第 1 版　　　　　　印　次 / 2020 年 8 月第 2 次印刷

书　号 / ISBN 978-7-5317-4381-1　　　　定　价 / 39.00 元

出版说明

国学大师吕思勉说："国学者，吾国已往之一种学问。"中华文明绵延数千年，有其独特的价值体系。其中，古典诗词一直被认为是中华传统文化中熠熠生辉的瑰宝。古有言"不学诗，无以言"，它留存着古人美好的情感、高尚的情操、崇高的精神及人生智慧。时至今日，古典诗词依旧植根在中国人内心，潜移默化地影响着中国人的思想方式和行为方式。

为了更好地传承和弘扬中华优秀的传统文化以及帮助读者快速了解古典诗词的经典之美，我们特整理、编辑了多位国学大师的经典著作。这些大师有文学大师俞陛云、词学大师龙榆生、曲学大师吴梅等。其著作内容包括古典诗词的声调、格律、字法、句法、意义及诗境，旨在帮助读者梳理古典诗词的理论框架，揭示其学术精义，讲述历史文化背景及作者当时特定的情境与心态，从而使原本让人"望名却步"的大师作品"飞入寻常百姓家"。

这本《如何欣赏唐诗》出自文学大师俞陛云之手。俞陛云（1868—1950），近代著名的文学大师，清末闻名中外的经学大师俞樾之孙，现代著名文学家俞平伯之父。此书为启蒙读物，以分析每首诗的"诗境之妙"见长，专论唐朝律诗和绝句的作法，从声调、格律、意义、句法、字法入手，细致推敲，精到品评，是学习古典诗词必读的唐诗鉴赏读本。

我们以"跟大师学古典诗词"为宗旨，将那些经过时间考验，多次再版的图书搜集在一起，认真整理、编辑、校对，使其更符合现代人的阅读习惯，我们本着尊重作家本人的写作风格及行文习惯的原则，在编辑图书时，内文的一些字词在用法、搭配上最大程度地保留了特定时代的文体风貌，但对个别确实讹误的字词、标点，已在编校时进行了修改。

北方文艺出版社编辑部

2019 年 3 月

乙 编

丙 编

丁 编

续编一

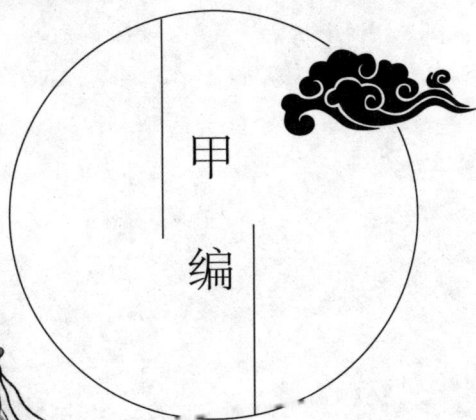

甲编

送杜少府之任蜀川——王勃

城阙辅三秦，风烟望五津。

与君离别意，同是宦游人。

海内存知己，天涯若比邻。

无为在歧路，儿女共沾巾。

首句言所居之地，次言送友所往之处。先将本题叙明。以下六句，皆送友之词，一气贯注，如娓娓清谈，极行云流水之妙。大凡作律诗，忌支节横断。唐人律诗，无不气脉流通，此诗尤显。作七律亦然。后半首言得一知己，则千里同心，何须伤别。推进一层，不作寻常离别语。故三四句言送别而况同是宦游，极堪伤感，正以反逼下文，乃开合顿挫之法也。

在狱咏蝉——骆宾王

西陆蝉声唱，南冠客思深。

不堪玄鬓影，来对白头吟。

露重飞难进，风多响易沉。

无人信高洁，谁为表予心？

起句言狱中闻蝉，题之本位也。三四句由蝉说到己身，层次井然。而玄鬓白头，于句法流转中，兼工琢句。五句言蝉因露重而沾翅难飞，犹己之以谗深而含冤莫白。六句言蝉因风多而响易沉，犹己之以毁积而辞不达。末二句慨然说明借蝉喻己之意。此诗取譬最为明切。大凡咏物诗，或见物兴感，或借物自况，或借物寓意，方有题外之味，不拘拘迹相，《诗经》兴赋比三体中之比体也。

咏物用典能贴切固佳，能用典切题而兼有意则尤佳。昔人诗《过贾谊宅》云：寒林空见日斜时。用庚子鹏鸟事。《隋宫》云：终古垂杨有暮鸦。用隋堤栽柳事。《桃花》云：怪他去后花如许，记得来时路也无。用崔护重来事及《桃花源记》。雅切而又活泼。咏物数典者，可以此类推。

和晋陵陆丞早春游望——杜审言

> 独有宦游人，偏惊物候新。
> 云霞出海曙，梅柳渡江春。
> 淑气催黄鸟，晴光转绿蘋。
> 忽闻歌古调，归思欲沾巾。

首二句言与友皆在客中逢春，非在故乡，故因物候而惊心也。中四句赋"早春游望"四字。云霞句写早之景，梅柳句写春之景。五六句，一写在陆而闻者，因春至而时鸟变声；一写在水而见者，因春至而渚蘋出水。一年容易，又值春光，正乡心撩乱之际，况闻陆丞之歌诗，声音感人，不觉归思沾巾矣。此诗为游览之体，实写当时景物。而中四句，"出"字"渡"字"催"字"转"字，用字之妙，可谓诗眼。春光自江南而北，用"渡"字尤精确。

题破山寺后禅院——常建

清晨入古寺，初日照高林。
曲径通幽处，禅房花木深。
山光悦鸟性，潭影空人心。
万籁此俱寂，唯闻钟磬音。

此为游破山寺后院而作。为寺中深静处，故首二句点题外，以下六句，愈转愈静。三四句在诗律亦可不作对语。由幽径至禅房深处，唯有鸟声潭影耳。鸟多山栖，而写鸟性用"悦"字；水令人远，而写人心用一"空"字。名句遂传千古。末句唯闻钟磬，所谓静中之动，弥见其静也。

破山寺即常熟兴福寺，米襄阳所书诗碣，尚在禅堂，"照高林"作"明高林"。此诗"悦"字"空"字，其平仄不用谐律，则作"明"字为佳。余两游此寺，在空心亭凭阑小憩，山容鸟语，不异当年。洵千载名蓝也。

渡荆门送别——李白

渡远荆门外，来从楚国游。

山随平野尽，江入大荒流。

月下飞天镜，云生结海楼。

仍怜故乡水，万里送行舟。

太白天才超绝，用笔若风樯阵马，一片神行。姑取三首为读者告，亦窥豹一斑也。此诗首二句言送客之地，中二联写荆门空阔之景，唯收句见送别本意，图穷匕首见，一语到题。昔人诗文，每有此格。次联气象壮阔，楚蜀山脉，至荆州始断；大江自万山中来，至此千里平原，江流初纵。故山随野尽，在荆门最切。四句虽江行皆见之景，而壮健与上句相埒。后顾则群山渐远，前望则一片混茫也。五六句写江中所见，以天镜喻月之光明，以海楼喻云之奇特。唯江天高旷，故所见如此。若在院宇中观云月，无此状也。末二句叙别意，言客踪所至，江水与之俱远，送行者心亦随之矣。近人凌霄诗：离情从此如春水，随着扁舟日夜生。意境与此略同，但李诗以简括出之，凌诗虽蕴藉多姿，而较弱矣。

听蜀僧濬弹琴——李白

蜀僧抱绿绮，西下峨眉峰。

为我一挥手，如听万壑松。

客心洗流水，余响入霜钟。

不觉碧山暮，秋云暗几重。

此诗前半首，质言之，唯蜀僧为弹琴一语耳。学作诗者，仅此一语，欲化作四句好诗，几不知从何下笔。试观其起句，言蜀僧抱古琴，自峨眉而下，已有"入门下马气如虹"之概。紧接三四句，如河出龙门，一泻千里。以松涛喻琴声之清越，以万壑松喻琴声之宏远，句法动荡有势。五句言琴之高妙，闻者如流水洗心，乃赋听琴之正面。六句以霜钟喻琴，同此清回，不以俗物为譬，乃赋听琴之尾声。收句听琴心醉，不觉山暮云深，如闻韶忘肉味矣。

牛渚夜泊——李白

　　　　　　牛渚西江夜，青天无片云。

　　　　　　登舟望秋月，空忆谢将军。

　　　　　　余亦能高咏，斯人不可闻。

　　　　　　明朝挂帆去，枫叶落纷纷。

　　太白旷世高怀，于此诗可见。纤云四卷，素月当空，正秋江绝妙之景。独客停桡，提笔四顾，寂寥谁可语者？心仪追慕，唯有谢公。犹登岘首而怀叔子，涉湘水而吊灵均也。四五句言余亦登高能赋，不让古贤。而九原不作，欲诉无人，何必长此流连。乃清晓扬帆而去，但见枫叶乱飞，江山摇落，益增怆恒耳。诵此诗如诵姜白石词，扣舷长啸，万象皆为宾客也。

春望——杜甫

国破山河在，城春草木深。
感时花溅泪，恨别鸟惊心。
烽火连三月，家书抵万金。
白头搔更短，浑欲不胜簪。

起笔即写出春望伤乱大意。时经安史之变，州郡残破，唯剩水残山，依然在目。次句言春到城中，人事萧条，而草木无知，依然欣欣向荣。烟户寥落，益见草木深茂也。三四句言春望所见闻：春日好花悦目，而感时者见之，翻为溅泪；鸣鸟悦耳，而恨别者听之，只觉惊心。五六句更从远望，则烽火连绵，经三月而未息。家书句尤脍炙人口，望而不至，难得等于万金。在极无聊赖之时，搔首踌躇，顿觉萧疏短发，几不胜簪。于怀人伤乱之余，更嗟衰老，愈足悲矣。

月夜忆舍弟——杜甫

戍鼓断人行，边秋一雁声。
露从今夜白，月是故乡明。
有弟皆分散，无家问死生。
寄书长不达，况乃未休兵。

诗言兵后荒凉之夜，中野无人，戍鼓沉沉而外，唯闻长空一雁哀鸣耳。三句言空园白露，今夕又入新秋，身在他方，但有举头月色，与故乡共此光明。后四句可分数层之意：有弟而分散，一也；诸弟而皆分散，二也；分散而皆无家，三也；生死皆不可问，四也；欲探消息，唯有寄书，五也；奈书长不达，六也。结句言何况干戈未息，则音书断绝，而生死愈不可知，将心曲折写出，而行间字里，仍浩气流行也。

旅夜书怀——杜甫

> 细草微风岸，危樯独夜舟。
> 星垂平野阔，月涌大江流。
> 名岂文章著，官应老病休。
> 飘飘何所似，天地一沙鸥。

此与李白之《牛渚夜泊》，同一临江书感。一则写高旷之意，一则写身世之感，皆气象干云，所谓李杜文章，光焰万丈也。首叙江上旅夜，先言泊舟之地，次及泊舟之人，而寥寂之景，已可想见。三四言江干远眺，句极雄挺，与李白之"山随平野尽"二句，大致相似，而状以"垂""涌"二字，则意境全换。盖野阔则天幕四低，用一"垂"字，见繁星之直垂天尽处，用一"涌"字，见高浪驾空，挟月光而起伏。炼字精警无匹。以下皆书怀之句，言虽善文章，名不加显，况兼老病，官且应休。则声誉功名，两无所得。飘泊一身，直与江上沙鸥相等，宜怀抱难堪矣。沙鸥句兼有超旷之意，言身在天地间，如沙鸥飘然，一无系恋。吴梅村诗"放怀天地本浮鸥",即用此意也。

登岳阳楼——杜甫

昔闻洞庭水,今上岳阳楼。

吴楚东南坼,乾坤日夜浮。

亲朋无一字,老病有孤舟。

戎马关山北,凭轩涕泗流。

此题宏大,读者试思如何起笔。少陵即从本题直说,昔闻洞庭之名,今登楼亲见之,开门见山。用对句起,雄厚有力。三句言洞庭为东南大泽,湖以南为楚地,北接大江,东下皆吴境,吴楚由此坼分。四句言巨浸接天,周环八百里。登楼四顾,似天地皆为浮动。二句包举洞庭气概。"坼""浮"二字,精练而确。五六句写登临之感,乱离身世。亲朋片札难通,而己则江湖孤棹,老病侵寻。况关山北望,戎马生郊,但有凭阑雪涕耳。

过香积寺——王维

不知香积寺,数里入云峰。

古木无人径,深山何处钟。

泉声咽危石,日色冷青松。

薄暮空潭曲,安禅制毒龙。

前录李杜诗，有磊落英多之气。以下录王孟诗，皆清微淡远之音。天风海涛，一变而为吹花嚼蕊。作诗者心境不同，诗格随之而异，各臻其妙也。此诗写赴寺道中山景，在题前盘绕。先言行云峰数里，尚未到寺。三四句言此数里中，古木夹道，寂无人迹，唯闻钟声出林霭间，而不知闻根在何处，有天际清都之想。与常建之"唯闻钟磬音"，同一静趣。五句言山泉遇危石阻之，乃吞吐盘薄而下，以"咽"字状之。六句言烈日当空，而万松浓荫，但觉清凉，以"冷"字状之。非特善写物状，兼写山中闻见，清绝尘寰。末句归到山寺，言龙归潭静，见禅理高深也。常建过破山寺，咏寺中静趣，此咏寺外幽景，皆不从本寺落笔。游山寺者，可知所着想矣。

酬张少府——王维

晚年唯好静，万事不关心。
自顾无长策，空知返旧林。
松风吹解带，山月照弹琴。
君问穷通理，渔歌入浦深。

前半首颇易了解，言老去闭门，视万事如飘风过眼，不为世用，亦不与世争，既无长策，唯有归隐山林。四句纵笔直写，如闻挥麈高谈。五六句言松风山月，皆清幽之境；解带弹琴，皆适意之事。得松风吹带，山月照琴，随地随事，咸生乐趣，想见其潇洒之致。末句酬张少府，言穷通之理，只能默喻，君欲究问，无以奉答，试听浦上渔歌，则乐天知命，会心不远矣。

终南别业——王维

中岁颇好道，晚家南山陲。
兴来每独往，胜事空自知。
行到水穷处，坐看云起时。
偶然值邻叟，谈笑无还期。

此诗见摩诘之天怀淡逸，无住无沾，超然物外。言壮岁即厌尘俗，老去始卜宅终南，无多同调，兴到唯有独游。选胜怡情，随处若有所得。不求人知，心会其趣耳。五六句即言胜事自知，行至水穷，若已到尽头，而又看云起，见妙境之无穷，可悟处世事变之无穷，求学之义理亦无穷。此二句有一片化机之妙。结句言心本悠然，偶值邻翁，即流连忘返。如行云之在太虚，流水之无滞相也。

与诸子登岘山——孟浩然

人事有代谢，往来成古今。
江山留胜迹，我辈复登临。
水落渔梁浅，天寒梦泽深。
羊公碑尚在，读罢泪沾襟。

前四句俯仰今古，寄慨苍凉。凡登临怀古之作，无能出其范围。句法一气挥洒，若鹰隼摩空而下，盘折中有劲疾之势，洵推杰作。刘长卿之"人世几回伤往事，山形依旧枕寒流"；近人沈归愚之"微茫欲没三山影，浩荡还流六代声"；高念东之"依然极浦生秋水，终古寒潮带夕阳"，同一临江书感，孟诗尤百读不厌也。五六句言天寒水落，写岘首所见之景。洞庭浩瀚无涯，至冬而泛溢之水，悉归于槽，益见其深。余曾涉洞庭，知其"深"字之确。收笔追怀羊祜，乃本题应有之义也。

过故人庄——孟浩然

故人具鸡黍，邀我至田家。

绿树村边合，青山郭外斜。

开轩面场圃，把酒话桑麻。

待到重阳日，还来就菊花。

诗写田家闲适之境，诵之觉九衢车马，尘起污人矣。旧雨相招，鸡黍即田家之盛馔。通首皆纪实事，以韵语写其真趣。三四句言近树则四面合围，远岫则一行斜抱，乃庄外之景。余昔年行役数千里，每于平畴浩莽中，遥见绿树成丛，其中必有村屋，知三句"合"字之妙。五六句言场圃即在门前，桑麻皆资谈助，乃庄中之事。更留后约，同赏菊花，益见雅人深致，涤尽尘襟也。先祖诗集首篇《兰陵菊花歌》有句云："谁人解赏花真面，此花不如城外好。"盖花入城中，栽以瓷盆，闭诸华屋，全失篱边之天趣矣。

留别王维——孟浩然

寂寂竟何待，朝朝空自归。

欲寻芳草去，惜与故人违。

当路谁相假，知音世所稀。

只应守寂寞，还掩故园扉。

此诗因仕宦未成，乃谋归计，临歧别友，不尽低徊。全首诗清空旋折，如闻长亭话别之声。首二句意谓每日惘惘而出，寂寂而归，一无成就，留此何为。三句以芳草喻田野，言不如归去。四句言去此他无所恋，所惜者与故人别耳。五六句承上言之，京华冠盖，知我者唯有故人。结句谓归老田园，此后寂寥谁语，但有闭门，流水高山，牙琴罢鼓矣。襄阳怀才不遇，拂袖而行。若渊明之诗，则委心去留，绝无愤世语也。

早寒有怀——孟浩然

木落雁南度，北风江上寒。

我家襄水曲，遥隔楚云端。

乡泪客中尽，孤帆天际看。

迷津欲有问，平海夕漫漫。

起句飘空而来，非特得势，且情韵悠然，既以江风落木，写出早寒；三四句即说到怀乡，随笔写来，自成对偶，句法生动。

五六句言久在客中，望江上片帆，远入天际，是我还乡之路。与温飞卿之"过尽千帆皆不是，斜辉脉脉水悠悠"相似。同是临江怅望，一则羡他人之归帆，一则望来舟而不至也。末句从早寒说到漫漫永夕，则竟日之低徊不置，自在言外。

秋日登吴公台上寺远眺，寺即陈将吴明彻战场——刘长卿

古台摇落后，秋入望乡心。

野寺来人少，云峰隔水深。

夕阳依旧垒，寒磬满空林。

惆怅南朝事，长江独至今。

首句言荒台凭眺，秋士多悲，叙明作诗本意。三句言野寺游踪罕至，佳处不在寺中，宜于远眺。四句乃赋远景，见隔岸云白峰青，层层掩映，可知山之深远。五句写怀古之意，残营废垒，凭吊无人，唯有一抹斜阳，依依留照。用一"依"字，觉无情而有情也。六句言平林叶脱，时闻磬声，用一"满"字，正以状秋林之空。此二句试曼声诵之，不仅善写荒寒之意，且神韵绝佳。末句归到吊吴公战场。六代英雄，都被浪花淘尽，唯词客怜君耳。

送李中丞归汉阳别业——刘长卿

流落征南将，曾驱十万师。

罢归无旧业，老去恋明时。

独立三边静，轻生一剑知。

茫茫江汉上，日暮欲何之?

　　此诗为老将写照。功成身退，绝无怨尤，真廉耻之将，惜未详其名也。起句以咏叹出之，言今日江头野老，即昔之领十万横磨剑，拜征南上将者。三四句言半生戎马，不解治生，至归徒四壁，而恋阙之怀，老犹恳恳。五六句谓回首当年，曾雄镇三边，纤尘不动。以身许国之心，焉得逢人而语? 唯龙泉知我耳。篇末言以锋镝之余生，向江潭而投老，不作送别慰藉语，而为之慨叹，盖深惜其才也。

饯别王十一南游——刘长卿

望君烟水阔，挥手泪沾巾。

飞鸟没何处? 青山空向人。

长江一帆远，落日五湖春。

谁见汀洲上，相思愁白蘋。

　　此诗与前所录二首，皆刘随州之作。一为登吴公台，临广武之战场，摩挲折戟;一为赠李中丞，惜蓝田之废将，太息藏弓;此则通首皆别友之意，觉离思深情，盎然纸上。同出一人手笔，各极其致。可见学诗者一题到手，必审题珠所在。非但各有面目，须各有精神，能发挥尽致，而藻不妄抒，方是佳构也。诗为别后所作。首句即言遥望行人，已在烟水空蒙之际。次句写别意。诗人送别，每用"泪"字。但知己之泪，未肯轻为人弹。此诗情谊深挚，挥手沾巾，当非泛语。三句言行人已至飞鸟没处，而犹为凝望，与东坡送子由诗"但见乌帽出复没"，同一至情。四句言别后更谁相伴，但有青山一抹，依依向人。曲终人远，江上峰青，宜怀抱难堪矣。五六句言友所往，由江而湖，愈行愈远。末谓送君者尚临崖未返，秋水蘋花，对芳洲而伫立，此时愁思，见者无人，唯有溯流风而独写耳。

寻南溪常道士——刘长卿

> 一路经行处，莓苔见屐痕。
> 白云依静渚，芳草闭闲门。
> 遇雨看松色，随山到水源。
> 溪花与禅意，相对亦忘言。

诗为寻道士而作。开首即说到"寻"字，山径苔痕，遍留屐齿，非定是道士之屐痕，已将"寻"字写足。三句言溪涧无人，白云凝然，若为之依留不去。见渚之静也。四句言岩扉长闭，碧草当门，有"绿满窗前草不除"之意。五六句言其所居在水源尽处，随山曲折而前，松阴雨后，苍翠欲滴。此时已至道观矣。七句花与禅本不相涉，而连合言之，便有妙悟。收句意谓朋友存临，但须会意；溪花相对，莫逆于心，宁在辞费耶？

淮上喜会梁州故人——韦应物

江汉曾为客，相逢每醉还。

浮云一别后，流水十年间。

欢笑情如旧，萧疏鬓已斑。

何因不归去，淮上对秋山。

　　诗以言性情。唐贤最重友谊，于赠别寄怀，及喜晤故人之作，屡见篇章。叔牙知我，生平能有几人？宜其语长心郑重也。此诗言当日同客楚江，少年气盛，放歌纵酒，不醉无归，是何等豪气。乃浮云踪迹，各走东西，抡指光阴，瞬逾十载。叹羁泊之无常，讶年光之迅逝，句法于蕴藉中见悲凉之意。五六句谓重拾堕欢，虽笑语风情，不殊曩日，而须鬓加苍，谁识为当时两年少耶？末句意谓青紫被体，尚且不如还乡，何为留滞天涯，使淮上秋山，移文腾笑也。《三百首》所选五律，尚有李益、司空曙二诗，与此作意境格局皆相似。李诗：问姓惊初见，称名忆旧容。司空诗：乍见翻疑梦，相悲各问年。情文相生，与韦诗同一真挚，令人增朋友之重，知声利驰逐之场，无君子交也。作投赠诗者，贵有真意相感，乃见交情，勿徒工藻饰。

赋得暮雨送李曹——韦应物

楚江微雨里，建业暮钟时。

漠漠帆来重，冥冥鸟去迟。

海门深不见，浦树远含滋。

相送情无限，沾襟比散丝。

诗用赋得体，唐人集中每见之，近代沿为应制诗定例。得某字五言八韵，即五言排律也。此诗以题为暮雨，前六句皆赋雨，唯末句送友，而以泪丝比雨丝，仍关合雨意。首二句，一嵌"雨"字，一嵌"暮"字，将诗题点明。三四言帆来鸟去，皆在雨中。以"重"字"迟"字，状雨之沾湿。以"漠漠""冥冥"，描写雨中虚神。五六言远望海门，因雨而不见；近看浦树，因雨而含滋。收笔归到送李曹，泪点雨丝，同沾襟上，表无限别情也。

作诗如用重叠形况字，以酷肖而善体虚神为要。唐诗中如"无边落木萧萧下，不尽长江滚滚来"；"漠漠水田飞白鹭，阴阴夏木啭黄鹂"，因其流传习见，读者每随口滑过。其实所用叠字，精当不移。他若"落日亭亭向客低，烟渚沉沉浴鹭飞"，唐诗此类其多，皆形况宁之圭臬。《诗经》中"萧萧马鸣，悠悠斾旌""杨柳依依，雨雪霏霏"，已作先河之导矣。高达夫集中，有《赋得征马嘶送友赴朔方》诗云：征马向边州，萧萧嘶未休。思深长带别，声断为兼秋。歧路风将远，关山月共愁。赠君从此去，何日大刀头。与韦诗体格相似。韦诗因雨中送友，故赋得暮雨。高诗送友赴朔方，故赋得征马。皆于结句始说明送别。唯韦诗前六句皆赋"雨"字，高诗则中四句皆征马与送友，两面夹写，有手挥目送之妙。

阙题——刘眘虚

> 道由白云尽，春与青溪长。
> 时有落花至，远随流水香。
> 闲门向山路，深柳读书堂。
> 幽影每白日，清辉照衣裳。

　　唐人阙之诗，或托兴，或寓言，意本翻空，事非征实，在读者默喻之。此诗写山居幽绝之境，佳处茅庵，令人神往。首句言道出云中，已在尘境之外。次言春到山中，溪流不断，有东坡罗汉赞"空山无人，水流花开"之趣。三四妙语天成，十字可作一句读，如明珠走盘，圆转中仍一丝萦曳也。三句之落花，承上之"春"字。四句之流水，承上之"溪"字。可见诗律之细。五六言门外则山翠迎人，门内则柳阴摊卷。末谓长日闭门，唯有清辉照影，真觉山静如太古，此中读书者，何修而得此耶？此诗起结皆不用谐律，弥见古雅。初学效之，恐有举鼎绝膑之患，仍以谐音为妥帖。

送李端——卢纶

> 故关衰草遍，离别正堪悲。
> 路出寒云外，人归暮雪时。
> 少孤为客早，多难识君迟。
> 掩泣空相向，风尘何所期。

诗为乱离送友，满纸皆激楚之音。前四句言岁寒送别，念征途之迢递，值暮雪之纷飞，不过以平实之笔写之。后半篇沉郁激昂，为作者之特色。五句言孤露余生，少壮即饥驱远役。六句言四方多难，良友如君，相知恨晚。以"迟""早"二字对举，各极其悲辛之致。末谓寒士穷途，差以自慰者，他年之希望耳。乃掩袂相看，风尘满目，并期望而无之，其言愈足悲矣。

喜外弟卢纶见宿——司空曙

> 静夜四无邻，荒居旧业贫。
> 雨中黄叶树，灯下白头人。
> 以我独沉久，愧君相见频。
> 平生自有分，况是霍家亲。

前录卢纶诗，佳处在后半首。此诗佳处在前半首。一则以远别，故但有悲感；一则以见宿，故悲喜相乘。卢与司空，本外家兄弟，工力亦相敌也。前四句言静夜而在荒村，穷士而居陋室，已为人所难堪。而寒雨打窗，更兼落叶，孤灯照壁，空对白头。四句分八层，写足悲凉之境。后四句紧接上文，见喜之出于意外。言以我之独客沉沦，宜为世弃，而君犹存问，生平相契，况是旧姻，其乐可知矣。前半首写独处之悲，后言相逢之喜，反正相生，为律诗之一格。司空曙有《送人北归》诗云：世乱同南去，时清独北还。起笔即用此格，取开合之势，以振起全篇也。

没蕃故人——张籍

前年戍月支，城下没全师。
蕃汉断消息，死生长别离。
无人收废帐，归马识残旗。
欲祭疑君在，天涯哭此时。

　　诗为吊绝塞英灵而作，苍凉沉痛，一篇哀诔文也。前四句言城下防胡，故人战殁，虽确耗无闻，而传言已覆全师，恐成长别。五六言列沙场之废帐，寂无行人，恋落日之残旗，但余归马，写出次句覆军惨状。末句言欲招楚醑之魂，而未见崤函之骨，犹存九死一生之想。迨终成绝望，莽莽天涯，但有一恸。此诗可谓一死一生，乃见交情也。

草——白居易

离离原上草，一岁一枯荣。
野火烧不尽，春风吹又生。
远芳侵古道，晴翠接荒城。
又送王孙去，萋萋满别情。

　　此诗借草取喻，虚实兼写。起句实赋"草"字。三四承上荣枯而言。唐人咏物，每有仅于末句见本意者，此作亦同之。但诵此诗者，皆以为喻小人去之不尽，如草之滋蔓。作者正有此意，亦未可知。然取喻本无确定，以为喻世道，则治乱循环；以为喻天心，则贞元起伏。虽严寒盛雪，而春意已萌，见智见仁，无所不可。一篇锦瑟，在笺者会意耳。五六句古道荒城，言草所丛生之地。远芳晴翠，写草之状态。而以"侵"字"接"字，绘其虚神，善于体物，琢句尤工。末句由草关合人事。远送王孙，与南浦春来，同一魂消黯黯。作咏物诗者，宜知所取格矣。

秋日赴阙题潼关驿楼——许浑

红叶晚萧萧，长亭酒一瓢。
残云归太华，疏雨过中条。
树色随关迥，河声入海遥。
帝乡明日到，犹自梦渔樵。

凡作客途风景诗者，山川形势，最宜明了，笔气能包埽一切，而句法复雄宕高超，斯为上乘。许诗其佳选也。开篇从秋日说起，若仙人跨鹤，翩然自空而降。首句即押韵，神味尤隽。三四句皆潼关左右之名山，太华在关西，中条在关东，皆数百里而近。残云挟雨，自东而西，应过中条而归太华。地望固确，诗句弥工。五句以雍州为积高之壤，入关以后，迤逦而登，故树色亦随关而迥。余曾在风陵渡河，望潼关树色，高入云中，深叹其"迥"字之妙。六句言大河横亘关前，浩浩黄流，遥通沧海，表里山河之险，涌现毫端。以上皆纪客途风景，篇终始言赴阙。觚棱在望，而故乡回首，犹梦渔樵，知其荣利之淡也。温庭筠亦有《潼关》

诗云：十里晓鸡关树暗，一行寒雁陇云愁。与此作同工。非特饶有韵味，且晓鸡句用鸡鸣度关事，运典入化，可为学诗之炳烛。

蝉——李商隐

> 本以高难饱，徒劳恨费声。
> 五更疏欲断，一树碧无情。
> 薄宦梗犹泛，故园芜已平。
> 烦君最相警，我亦举家清。

此与骆宾王咏蝉，各有寓意。骆感钟仪之幽禁，李伤原宪之清贫，皆极工妙。起联即与蝉合写，谓调高和寡，臣朔应饥，开口向人，徒劳词费，我与蝉同一慨也。三四言长夜孤吟，而举世无人相赏，若蝉之五更声断，而无情碧树，仍若漠漠无知。悲辛之意，托以俊逸之词，耐人吟讽。五六专说己事，言宦游无定，而故里已荒。末句仍与蝉合写，言烦君警告，我本举室耐贫，自安义命，不让君之独鸣高洁也。学作诗者，读宾王咏蝉，当惊为绝调，及见玉溪诗，则异曲同工。可见同此一题，尚有余义。若以他题咏物，深思善体，不患无着手处也。

送人东游——温庭筠

> 荒戍落黄叶，浩然离故关。

高风汉阳渡，初日郢门山。

江上几人在，天涯孤棹远。

何当重相见，樽酒慰离颜。

此等发端，情景兼写，调高而韵逸，最为得势。三四雄健而高浑。五言中用地名而兼风景者，下三字皆实字，上二字以风景衬之，此类甚多。但上二字须切当有意义，而非凑合乃佳。此三句用高风，以汉阳为江汉合流处，急浪排空，天风浩荡，故以高风状之，见江天壮阔也。四句用初日，以江干行客，每清晓扬帆，而江上看山，以晓色为尤佳，旭日照之，青紫百态，故自汉江望郢门山色，以初日状之。后四句迎刃而下。如题之量，其精彩在前四句也。

唐诗中用地名三字者甚多。王维之"高鸟长淮水，平芜故郢城"，以高鸟写长淮之阔远，以平芜写郢城之块莽，诗格与飞卿同。若李白之"檐飞宛溪水，窗落敬亭云"；岑参之"弓抱关西月，旗翻渭北风"，其用意在第二字之虚写。杜甫之"松柏邛山路，风花白帝城"，全句皆用实字，而上句言故里，下句言客居，虽实写而各有寓意。他若近人之"孤舟清颍尾，疏雨寿春山""夜火秦邮驿，长堤邵伯湖"，则以所经之地，所见之景，连合写之，虽未用虚字见意，句法亦自浑成。姑举数联，为初学取法。

楚江怀古——马戴

露气寒光集，微阳下楚邱。

猿啼洞庭树，人在木兰舟。

广泽生明月，苍山夹乱流。

云中君不见，竟夕自悲秋。

唐人五律，多高华雄厚之作。此诗以清微婉约出之，如仙人乘莲叶轻舟，凌波而下也。首二句言楚邱凝望，正残阳欲下之时，露点未浓，露气已集，写出薄暮嫩凉天气。三四句绝无雕琢，纯出自然，风致独绝，而伤秋怀远之思，自在言外。读者当于虚处会其微意也。五六言因水阔故明月早生，因山多故乱流夹泻，乃楚江所见之景。收句说明怀古意，借云中君以托想，谓其恋阙怀人，亦无不可也。

灞上秋居——马戴

灞原风雨定，晚见雁行频。

落叶他乡树，寒灯独夜人。

空园白露滴，孤壁野僧邻。

寄卧郊扉久，何年致此身。

此诗纯写闭门寥落之感。首句即言灞原风雨，秋气可悲。迨雨过而见雁行不断，唯其无聊，久望长天，故雁飞频见。明人诗所谓"不是关山万里客，那识此声能断肠"也。三四言落叶而在他乡，寒灯而在独夜，愈见凄寂之况。与"乱山残雪夜，孤烛异乡人"之句相似。凡用两层夹写法，则气厚而力透，不仅用之写客感也。五句言露滴似闻微响，以见其园之空寂。六句言为邻仅有野僧，以见其壁之孤峭。末句言士不遇本意，叹期望之虚悬，岂诗人例合穷耶？

书边事——张乔

调角断清秋，征人倚戍楼。
春风对青冢，白日落梁州。
大漠无兵阻，穷边有客游。
蕃情如此水，长愿向南流。

此诗高视阔步而出，一气直书，而仍有顿挫，亦高格之一也。前半首言正秋寒绝塞，角声横断之时，登戍楼而凭眺。近望则阴山之麓，明妃香冢，青草依然；远望则白日西沉，云天低尽处，约略是甘凉大野。五六乃转笔，写登楼之客，因大漠销兵，行人无阻，乃能作出塞壮游。末句愿蕃人向化，如水向南流，与"不作边城将，谁知恩遇深"同一诗人忠爱之思。

孤雁——崔涂

几行归塞尽，念尔独何之。
暮雨相呼失，寒塘欲下迟。
渚云低暗度，关月冷相随。
未必逢矰缴，孤飞自可疑。

通篇皆实赋孤雁。首二句言雁行归尽，念此天空独雁，怅怅何之？以首句衬出次句，乃借宾定主之法。三四言暮雨苍茫，相呼失侣，将欲寒塘投宿，而孤踪自怯，几度迟徊。二句皆替雁着想，如庄周之以身化蝶，故入情入理。犹咏鸳鸯之"暂分烟岛犹回首，只渡寒塘亦并飞"替鸳鸯着想，皆妙入毫颠也。五六言相随者唯渚云关月，见只影之无依。末句谓未必遽逢弋者，而独往易生疑惧。客子畏人，咏雁亦以自喻。此诗乃赋而兼比者也。三四句即以表面而论，三句言其失群之由，四句言失群仓皇之态，亦复佳绝。

春宫怨——杜荀鹤

> 早被婵娟误，欲妆临镜慵。
> 承恩不在貌，教妾若为容。
> 风暖鸟声碎，日高花影重。
> 年年越溪女，相忆采芙蓉。

题面纯为宫怨而作。首言早擅倾城之貌，自赏翻以自误，寸心灰尽，临明镜而多慵。三四谓粉黛三千，谁为丽质，而争宠取怜者，各工其术，则己之膏沐，宁用施耶？五六赋"春"字，五句言天寒鸟声多噤，至风暖则细碎而多。六句言朝辉夕照之时，花多侧影，至日当亭午，则骈枝叠叶，花影重重。用"碎"字"重"字，固见体物之工，更见宫女无聊，借春光以自遣。故鸟声花影，体会入微。末句忆当年女伴，搴芳水次，何等萧闲。遥望若耶溪上，如笼鸟之羡翔云，池鱼之思纵壑也。此诗虽为宫人写怨，哀窈窕而感贤才，作者亦以自况。失意文人，望君门如万里，与寂寞宫花同其幽怨已。

章台夜思——韦庄

清瑟怨遥夜，绕弦风雨哀。
孤灯闻楚角，残月下章台。
芳草已云暮，故人殊未来。
乡书不可寄，秋雁又南回。

　　五律中有高唱入云，风华掩映，而见意不多者，韦诗其上选也。前半首借清瑟以写怀，泠泠二十五弦，每一发声，若凄风苦雨，绕弦杂沓而来。况残月孤灯，益以角声悲奏，楚江行客，其何以堪胜。诵此四句，如闻雍门之琴，桓伊之笛也。下半首言草木变衰，所思不见，雁行空过，天远书沉。与李白之"鸿雁几时到，江湖秋水多"相似，皆一片空灵，含情无际。初学宜知此诗之佳处，前半在神韵悠长，后半在笔势老健。如笔力尚弱，而强学之，则宽廓无当矣。

寻陆鸿渐不遇——皎然

移家虽带郭，野径入桑麻。
近种篱边菊，秋来未著花。

叩门无犬吠，欲去问西家。

报道山中去，归来每日斜。

　　此诗晓畅，无待浅说。四十字振笔写成，清空如话。唐人五律，间有此格，李白《牛渚夜泊》诗亦然。作诗者于声律对偶之余，偶效为之，以畅其气，如五侯鲭馔，杂以蔬笋烹芼，别有隽味，若多作则流于空滑。况李白诗之英气盖世，此诗之潇洒出尘，有在章句外者，非务为高调也。

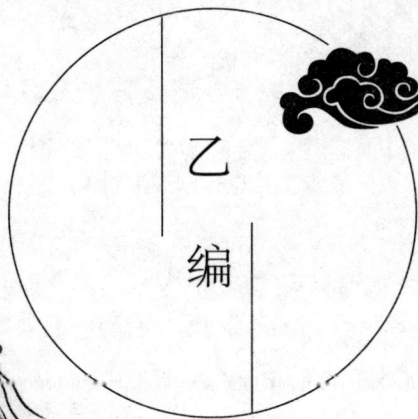

乙编

五言摘句

天远疑无树，潮平似不流。（韦承庆）

诗写江天之景。上句言在江干空阔处，临江丛树，远望仅一线绿痕，如浮天际，几等于无。与"天边树若荠"句相似。盖稍远则如荠，极远则如无树矣。下句言水皆顺流入海，唯海潮涨时，上游之水，为潮所敌，故凝然似不流也。

野含时雨润，山杂夏云多。（宋之问）

上句言野田得应时之好雨，多少适匀，恰合润意，且以"含"字状润泽之久留，与"麦天晨气润"皆善用"润"字。下句言夏令则山气腾发，重叠出云，故夏云多奇峰。用一"杂"字，见云山错峙，状夏云之多。余尝于六月登太行南天门，望天表白云，与群岫参差竞出，叹此句之工也。

相逢传旅食，临别换征衣。（张说）

张燕公贬岳州，道遇高六，班荆话旧。此二句言高之推食解衣，深情若是。迨燕公还朝，高已谢世。其末句云"往来皆此路，生死不同归"。令人增马策州门之感。

日照虹霓似，天清风雨闻。（张九龄）

诗咏庐山瀑布，以健笔写奇景，有声有色，如在云屏九叠之前，与太白之"海风吹不断，江月照还空"同极工妙。张在日中观瀑，故言日光与水气相射发，五色宣明，如长虹之悬空际。李诗在月下观之，故言皓月与银练之光，浑成一白，荡入空明。二诗皆用"风"字，张诗状瀑声之壮，虽当晴霁，若风雨破空而来；李诗状瀑势之劲，虽浩浩长风，仍凌虚直泻。诵此二诗，知"一条界破青山色"七字，未足尽瀑布之奇也。

雪晴山脊见，沙浅浪痕交。（陶翰）

江行习见之景，一经道出，加以烹炼，便成佳句，所谓"云山经用始鲜明"也。大雪封山，至晴霁而山脊渐露。若在雪初止时，则如东坡诗：试向北台看马耳，未随埋没有双尖。未露山脊，仅见山尖。次句谓江水涨落不定，浅沙侵啮，时有浪痕，故以"交"字状之。近人诗：可奈离愁似溪水，旧痕才退又新痕。唯新痕与旧痕重叠，故浪痕交错也。

白云回望合，青霭入看无。（王维）

此右丞咏终南山而作，真能写出名山胜概。余曾游秦晋楚蜀，每见名山乔岳，长被云封，偶于云隙见青峰，俄顷已漫漫一白。尝在汾河望霍泰，在华阴望西岳，但见浓青霭霭，迥异凡山。及逼近山樊，则万仞削立，青霭全消。右丞诗"合"字"无"字，洵善状名山。若吴越山川清远，不易睹云霭之奇也。

山中一夜雨，树杪百重泉。（王维）

律诗中之联语，用流水句者甚多。此诗非特句法活泼，且事本相因。唯盛雨竟夕，故山泉百道争飞。凡泉流多傍山麓，此言树杪，见雨之盛山之高也。与刘眘虚之"时有落花至，远随流水香"句，皆一事融合而分二句，妙语天成，流水句法之正则也。

草枯鹰眼疾，雪尽马蹄轻。（王维）

上句言草枯则狐兔难藏，故鹰眼俯瞰，霍如掣电。用一"疾"字，有拿云下攫之势。下句言雪消纵辔，所向无前。与"风入四蹄轻"句，皆用"轻"字以状马之神骏。他若"花落马蹄香"句，同咏马蹄，一写射猎之英风，一写春游之逸趣也。此诗首句"风劲角弓鸣，将军猎渭城"，用反装法，便突兀有势。结句"回看射雕处，千里暮云平"，句法亦如猎者之反射，尚有余劲也。

夕阳连雨足，空翠落庭阴。（孟浩然）

夏日每晴雨同时，诗人所常咏。此诗上句与杜审言之"日气含残雨"造句皆工。孟诗用"连"字"足"字，因盛雨已过，仅余雨足，故残雨斜阳，在长空连合。杜诗用"气"字"含"字，言日气犹含雨气，尚未放晴。皆善写晴雨同时之态。下句承上雨过而言，与"树摇余滴乱斜阳"句同意，但此乃实写，孟诗虚写耳。襄阳有道中诗云：天开斜景遍，山出晚云低。写晚晴风景如画。

夜久潮侵岸，天寒月近城。（常建）

诗为泊舟盱眙而作。深夜潮来，盈盈拍岸，唯舟中人先觉。与卢纶之"舟人夜语觉潮生"句，皆欹枕水窗之情况。次句言天寒则蒙霭全消，况城外野望空明，看月似去城更近，与孟浩然之"江清月近人"句相似。曰天寒，曰江清，皆以地气肃降，故月色近人。秋月明逾春月，即此故也。

自怜无旧业，不敢耻微官。（岑参）

此嘉州初授官之作。沉沉僚底，慰情胜无，失意文人，齐声一叹。嘉州有《送友作尉》云：不择南州尉，高堂有老亲。毛义孝思，较为贫而仕，尤为慨切。与王禹偁诗"亲老不择禄"同意，殆有合于小雅怨悱之旨乎？

槛外低秦岭，窗中小渭川。（岑参）

登高之作，须写其大者远者。此诗秦岭渭川，皆归一览。余尝登凤岭吴涪王祠，秦地诸山，若拱揖于阶前。登万寿阁，望西北渭河如带，明灭于林阴野色间，知此诗"低"字"小"字之能尽其胜概也。唐诗远眺之作甚多，如杜审言之"楚山横地出，汉水接天回"，与岑诗意境同而句法不同。王维之"窗中三楚小，林外九江平"，稍嫌夸泛，以三楚不能尽见也。

竹深喧暮鸟，花缺露春山。（岑参）

嘉州诗笔壮健，此诗独闲雅多姿。南方多竹处，日暮则栖雀争枝，千群喧噪。诗用"喧"字，较"竹喧归浣女"之喧声，更为真切。凡诗中用"露"字，如"点点露数岫""松际露微月""寒塘露酒旗"之类，皆有韵致。岑之花缺句，尤为秀俊，以之入画，绝好之惠崇江南春也。

碓喧春涧满，梯倚绿桑斜。（储光羲）

诗写田舍风景，其前二句云：一径入寒竹，小桥穿野花。迤逦至山村深处，乃闻水碓声。用"喧"字"满"字，较岑参之"山碓水能春"，烹炼为工。余行栈道，见村民多跨溪架屋，借水力转轮，以春米麦，白雪翻飞，晴雷互答，为溪山增趣。下句言采桑，忆舟行江浙间，桑畦弥望，当朝阳初上，露气未干，儿女青红，登梯采叶，时闻剪刀声出烟霭间，储诗雅能状之。

涧水流年月，山云变古今。（储光羲）

此诗不事藻饰，寄慨遥深，诗品中之超于象外者。上句有逝者如斯之感，下句与"白云千载空悠悠"同其遐想。少陵之"玉垒浮云变古今"，不相袭而意境同之。李玉溪诗"岁月行如此，江湖思渺然"，与此诗皆能于寥寥十字中，写苍茫独立之思。

莫将和氏泪，滴着老莱衣。（殷遥）

诗以言性情，此等诗最能动人天性。殷诗起句云：君此卜行日，高堂应梦归。意谓君虽下第而归，堂上方倚闾睄指，决不以归人失意，减其慈爱。勿效和氏之抱玉而泣，以伤亲心，失舞彩娱亲之意。是真能赠人以言者。余曾五次下第，游子远归，重堂抚慰有加，下喜极沾巾之泪。垂老诵此诗，与《蓼莪》同感也。

江月随人影，山花趁马蹄。（张谓）

此为送友之作。山程水驿，行客之常，入能者之手，便托想空灵，语有隽味，可为学诗者前导。上言江船所至，月影长随，水程所经也。下句言杂花盈路，借马足而生香，山程所经也。结句云：离魂将别梦，先已到关西。则山花江月，皆在送行者想象之中。其交谊深挚如是。

林藏初过雨，风退欲归潮。（祖咏）

此类写景句，佳处在炼字。林中可藏雨，而初过之雨，余湿尚留，则藏之可久。风力可退潮，而欲归之潮，涨势已衰，则退之尤易。非仅"藏""退"二字之确，且言之有故，作写景诗之炳烛也。

边月随弓影，胡霜拂剑花。（李白）

此太白《塞下曲》中句也。弓形如月，剑气如霜，恰好霜月与弓剑合写，以"随"字"拂"字连合之。曰边月，曰胡霜，见弓剑为出塞所用，可谓面面俱到。李塞下诸篇，其起结皆迥绝恒蹊，如前半首云：五月天山雪，无花只有寒。笛中闻折柳，春色未曾看。劲气直达，有黄河入海之势。其结句云：功成画麟阁，独有霍嫖姚。见贵戚专功，行间夺气。与《宫词》之结句"只愁歌舞散，化作彩云飞"，言宫闱纵乐，国步将危，皆慨乎其言也。

陶令辞彭泽，梁鸿入会稽。（李白）

诗有讲气格而不在琢句者。此太白《赠卢征君》之起句也，其次联云：我寻高士传，君与古人齐。四句纯以气行，与"青山横北郭"诗，格调相同。四句皆作对语，而不碍其浩瀚之气。若"五月天山雪"及"牛渚西江夜"二诗，则皆作散行，气盛言宜，无施不可也。

树深时见鹿，溪午不闻钟。（李白）

此诗起句云：犬吠水声中，桃花带雨浓。乃太白《访戴道士不遇》诗也。诗言山桃盛放，春雨初过，流水涓涓，四无人语。犬乃闻足音而吠，见地之幽丽而静也。三句谓鹿本畏人，而深林时见鹿踪，空山鹿友，等鱼鸟之忘机。四句言寺中例打午钟，至溪午而钟声寂寂，道士必云深不知处矣。摩诘《过香积寺》诗：深山何处钟。见寺之远也。此并午钟不闻，见寺之静也。李诗逸气凌云，此作幽秀类王孟，才大者数枝才笔，能以一手持之。

山从人面起，云傍马头生。（李白）

蜀中之栈道峡江，雄奇甲海内，唯李杜椽笔足以举之。李诗上句，言拔地高峰，忽当人而立，见山之奇也。万山环合，处处生云，马前数尺，即不辨径途，见云之近也。杜陵诗云：入天犹石色，穿水忽云根。言仰望若峰势已接天空，而更上犹有石色，见山之高也；俯视不见山足，但见云根深插水中，见山之削也。以雄奇之笔，状雄奇之景，是足凌驾有唐矣。

浮云连海岱，平野入青徐。（杜甫）

此少陵登兖州城楼而作。上句以齐鲁之境，东尽于海，岱岳在兖州之南，百里而遥，则望东北浮云，当连海岱。下句以兖州当齐鲁山脉垂尽处，其南则原田千里，块圠无垠，故云平野入青徐也。凡作登临怀古诗者，必山川之脉络形便，了如聚米，乃可著笔。因杜诗偶忆后贤所作，姑举二联，以告初学。李沧溟咏太行山云：千盘拔河内，一折走辽东。盖太行自河内起脉，自南而北而东，历尽燕晋之郊，乃折走出关，而趋辽左也。顾亭林《济南》诗：西来水窦缘王屋，南去山根接岱宗。以济水自王屋发源，伏流经历下，故云水窦。其次句以济南诸山皆南境岱宗余脉，故云山根南去。比类纪之，告学者勿率尔操觚也。

所向无空阔，真堪托死生。（杜甫）

诗有纯用虚写，而精湛卓立，由其义深而词达，故力透纸背也。此少陵咏胡马诗，上句言所向千群辟易，有日行万里之概，无空阔可以限之。下句言与人一心，生死不负。善咏名马，亦可为名将写照也。此诗三四句云：竹批双耳峻，风入四蹄轻。一言马态之雄，一言马行之迅。唯三四句实写而整齐，故五六句虚写而流动，诗律之细也。

暗水流花径，春星带草堂。（杜甫）

此少陵《夜宴左氏庄》诗。时当月落，所闻者暗水溅溅，穿流花径；所见者春星历历，映带草堂。皆咏庄中夜游之景。其五六句云：检书烧烛短，看剑引杯长。言检书时久，故烛烧渐短；

看剑兴豪，故杯引弥长。皆咏庄中夜叙之事。短长对岸，恰合事情。杜诗雄伟，此作独静细，诗随境异，各有所宜也。

> 水落鱼龙夜，山空鸟鼠秋。
> 无风云出塞，不夜月临关。（杜甫）

少陵秦州诗，佳句甚多。独举此二联者，因注杜诗诸家，谓鱼龙川、鸟鼠山、无风塞、不夜城皆在秦地，其说诚然，作诗者未必不用此名；但少陵驱使群籍，运典入化，乃少陵特长。此二联虚实兼到，非专用地名。特加浅说，以告读杜诗者。鱼龙二句，谓水落而鱼龙当静夜之时，山空而鸟鼠值深秋之候。"夜"与"秋"字皆实用也。鱼龙句谓鱼龙遇水涨而嬉游，乃鱼龙之昼；因水落而潜伏，乃鱼龙之夜。鸟鼠句谓秦州当兵后，山野都荒，等于秋山之空寂。"夜"与"秋"字皆虚用也。无风句，承上"莽莽万重山，孤城山谷间"而来，谓城在万山深处，长日生云，且地临塞北，即无风而云亦飞扬出塞，言塞之近也。不夜句，谓城踞山头，不夜先能见月。近水楼台，尚先得月，何况山巅。言城之高也。此四句虽皆实有其地，但少陵运以诗意，融化而出之，句复倜傥，非沾沾于地名。读者以为何如？

> 抱叶寒蝉静，归山独鸟迟。（杜甫）

《秦州杂诗》中，此二句亦意景兼到。以景言，则承第二句"川原欲夜时"而来，因欲夜故蝉静鸟归。以意言，盖谓世方多难，朝士皆噤若寒蝉，己之以寒士抱志而隐，亦犹寒蝉之抱叶而静也。下句谓干戈未息，孤客天涯，欲归家而不得，犹独鸟欲归山而迟回。唯其寄慨之深，故接句言万方一概，吾道何之。若泛言暮景，于吾道万方何涉耶？

随风潜入夜，润物细无声。（杜甫）

应时好雨，不在倾注而在透润。诗所谓"益之以霡霂"也。他若春雨如膏，小雨如酥，皆言好雨之润细。此诗上句言雨之将至，则随风潜入。既降，则润物无声。可谓体物入微。若玉溪咏细雨之"气凉先动竹，点细未开萍"，笔力稍弱。柳宗元咏梅雨之"素衣今尽化，非为帝京尘"，伤迁谪而念君恩，别有寓意也。

水流心不竞，云在意俱迟。（杜甫）

此与摩诘之"行到水穷处，坐看云起时"相似。王诗得纯任自然之乐，杜诗悟物我两忘之境，皆一片化机。上句谓逝水如斯，逐今古年光而去，尘世万缘，皆被此声消尽。对此则区区争竞之心，从何着起？下句谓片云荡漾天空，引我心至寥廓无垠之表，云与我皆如如不动，若有意，若无意，可默喻而难宣，姑以"迟"字状之。摩诘诗．但去莫复问，白云无尽期。李顾诗：万物我何有，白云空自幽。意皆相似。

筑场怜蚁穴，拾穗许村童。（杜甫）

此二语虽属琐事，而仁民爱物之心，蔼然言外。其《示吾宗》诗云：在家常早起，忧国愿年丰。语似平淡，而一为修身之本，一为治国之本。布衣契稷，不仅以诗史称也。

荒庭垂橘柚，古屋画龙蛇。（杜甫）

孙莘老谓此二句"点染禹事，说固有征"。但少陵因禹庙所见，适与古合，遂运化入诗，乃其能事。若未栽橘柚，未绘龙蛇，决不因用禹事，而虚构此景，与秦州诗鱼龙鸟鼠句相类。学诗运用古事，当以此为法。

云气生虚壁，江声走白沙。（杜甫）

虚壁易生云气，不独蜀山。如黄山多洞穴，故以云海著称；华山多深崖大壑，夏令云起山坳，顷刻弥漫百里。山僧曾为余言之。杜诗诚善绘云山也。下句言江与沙本皆寂静，江为沙阻，两静相遇而动生，遂浩浩荡荡而下。江走沙上，声所由生。此二句用"虚"字"走"字，遂写景逼真矣。

猱玃须髯古，蛟龙窟宅尊。（杜甫）

蜀山猱玃多寿，须髯飘拂，出没森林。杜以"古"字状之。余曾见金线猴，毛长尺许，闪闪作金色，知其老不知其年，可谓古矣。蜀江深险，如夔峡等，垂绳数十丈尚不及底，蛟龙所宅。行舟者虞心憟栗，江神祠宇，祈祷必虔。杜以"尊"字状之，与三四句之"入天犹石色，穿水忽云根"皆注全力于句中虚字，画龙点睛，遂全身鳞甲生动矣。

不辨风尘色，安知天地心。（张巡）

此《睢阳闻笛》诗也。上句言兵气满天，风尘莫辨，义易明了。下句言贼势猖狂，殆天地尚未厌乱，以身许国，安问天心。义烈之气，诵之声满大宅。沈归愚评此句，引宋贤语，谓伯夷叔齐，欲与天意违拗。以夷齐拟睢阳，似有未允。即以评诗论，亦求深转晦矣。

古墓樵人识，前朝楚水流。（刘长卿）

此文房《经漂母墓》诗也。以淮阴之英烈，江南有韩信将台，山右有韩侯岭，传声千载，宜也。漂母一村媪耳，受恩者唯淮阴，而抔土荒原，樵人犹识，同时楚汉英豪，湮灭者不知凡几。名之传与不传，殆有定数，何事强求。作者未必亦有此意，然观其楚水前朝句，垓下之歌，钟室之狱，皆归泡影，唯无情楚水，今古悠悠，若寄慨无穷者，则其对漂母孤茔，殆与余有同感耶？

一叶兼萤度，孤云带雁来。（钱起）

写新秋夜景，与白乐天之"残暑蝉催尽，新秋雁带来"相似，诵之如凉生衣袂间。若严维之"柳塘春水漫，花坞夕阳迟"，便觉风物骀荡。于良史之"风兼残雪起，河带断冰流"，若有寒意侵人。学诗者会其微意，则四时佳兴，可随处得好句也。

渚烟空翠合，滩月碎光流。（皇甫冉）

此诗起句云：暝色赴春愁，归人南渡头。翩然自空而下，秀采动人。其三句咏渚烟，以水光澄静，兼暮霭迷蒙，混成一碧，故目为空翠，而以"合"字融洽之。四句咏滩光，以溪滩层节而下，碎石密布滩底，水石互激，无一处平波，故得月皆成细碎之光。曰空翠，曰碎光，能写出虚处妙景也。

家贫童仆慢，官罢友朋疏。（耿沣）

此慨世情凉薄而发，虽阅透人心，而语太说尽，不如戴叔伦"客久见人心"五字，语极蕴藉。戴有"如何百年内，不见一人闲"句，如空山老衲，深坐白云，阅尽众生扰扰也。

万影皆因月，千声各为秋。（刘方平）

月与秋皆诗中习用，此从空际着想，包举众有。以之取譬，人事万般结果，皆由一心之种因，犹万影皆由一月也。世之挥霍事功，驰逐声利者，各望其大欲而趋，犹千声各鸣其秋也。有感偶书，览者勿嗤其附会。

晴虹桥影落，秋雁橹声来。（常非月）

以虹喻桥，诗人常用，以橹声喻雁较少。夜静秋高，云天流响，觉身在秋江也。厉樊榭诗"昏黄庭院橹声来"即本此诗。庭院岂容舟楫？误听雁啼咿哑，若橹声近在庭中，可为用古而不袭古之法。常有《赠容娘》诗，结句云：不知心大小，容得许多怜。六朝隽语也。

况与故人别，那堪羁旅愁。（韩愈）

此昌黎《祖席》诗也。其起句云：淮南悲木落，而我亦伤秋。英词浩气，抗手杜陵。其有用词藻者，如"暖风抽宿麦，清雨卷归旗"，亦复俊采动人。诗至元和，体多轻浅。昌黎矫以健笔，全集中无一弱语，以诗论，亦足起当代之衰也。

以闲为岁月，将寿补蹉跎（刘禹锡）

诗以持志，不仅工月露之词。其上句意谓草草劳人，年光易逝，唯闲居安命，岁月似为加长。名场利薮，世之耐寂寞者，能有几人？皆未喻闲之乐也。下句谓学无止境，少壮不努力，老大徒伤悲。然遵假年学易之训，天畀余年，正使补从前之荒陋。文房其耄而好学者耶？

行客欲投宿，主人犹未归。（张籍）

寻常语脱口而出，句法生峭，与僧皎然"移家虽带郭"诗，同一寻人不遇。一则通首不作对语，此则括以十字，各具标格。此等句，宋人恒有之，如山肴野蔌，淡而有味。学之者须笔有清劲气，非仅白描也。

空将未归意，说向欲行人。（周贺）

客中送客，同出而不同归，诵之惘然。较司空曙之"世乱同南去，时清独北还"，尤为入情。韩魏公论画，贵在逼真，此诗写人人意中所有，可谓逼真矣。

石梁高泻月，樵路细侵云。（李商隐）

此诗与岑参之"涧水吞樵路，山花醉药阑"皆写山景工细之句。岑诗言涧之漫浸樵路，以"吞"字状之；花之斜倚石阑，以"醉"字状之。李诗言石梁之水，高若建瓴，挟月光而直泻；仰望樵路，细如一线，上欲侵云。其着力全在字眼，不仅作山景诗宜取法之。

鸡声茅店月，人迹板桥霜。（温庭筠）

飞卿此诗，流传万口，本无庸摘录。但为初学告，则此二句，乃晓行绝妙之词。句中不着一虚字，而旅行之辛苦，客思之苍凉，自在言外。读者须知其诗味也。

孤云与归鸟，千里片时间。（马戴）

此其《晚眺》之起句也。其三四云：念我何曾滞，辞家久未还。笔势超拔，在晚唐诗中，可称杰出。诗有作意，而能以气运之，律诗之枕中秘也。

野人闲种树，树老野人前。（马戴）

起笔得势，诗意与句法俱佳。忆近人咏古松云：山僧指树为余说，树老根深有岁年。亲见野鸦衔子入，养成槐树又参天。与马诗用意略同，诗亦流转自然，因附录之，见意同诗异，各有其思路也。

欲将寒涧树，卖与翠楼人。（于武陵）

草木有本心，何求美人折，于诗寄慨深矣。寒松与翠楼，格不相入。卖松者但为己谋，不为松谅，作者故赠诗警之。松本寒柯，勿羡翠楼之豪侈，而易地托根；翠楼中人，宜谅其山野之性，勿强入朱门，以辱岁寒之操。意有怅触，偶书数语，亦以告作诗者，欲有寄托，宜师其婉而多讽也。

禹力不到处，河声流向西。（周朴）

此太朴《题董岭水》之次联也。语因迥不犹人，而过于生拗，究非正轨。周自爱此二句，其实此诗首联云：吾家安吉县，门与白云齐。格高而句新，较禹力句为佳。有文士骑驴过其侧，知周爱此句，特朗吟曰：河声流向东。周直追数里，告以河流向西，非向东也。闻者笑之。此与"独行潭底影，数息树边身"句，吟至三年而始成。唐人之嗜诗成癖如是。

出门无至友，动即到君家。（李咸用）

诵此诗想见挚友过从之乐。李又有"见后却无语，别来长独愁"句，则言其思友之深。郑谷之《乱后途中忆友》云：乱离知又甚，安稳到家无？烽火长途，怀人更切。刘绮庄之"故人从此去，远望不胜愁"句，淡淡着笔，而离情无际。循讽诸篇，知朋友之交，本为彝伦所重。若征逐趋走者，虽百辈亦等于无。高适《赠友》诗所谓"世上漫相识，此翁殊不然"，只可谓之相识，不得谓之友也。

古宫闲地少，水港小桥多。（杜荀鹤）

户藏烟浦，家具画船，江南之擅胜也。诗言其烟户之盛，桥港之多。余生长吴趋，诵之如身在鹂坊鹤市间。忆近人句云：屐齿声喧沽酒市，波光红映过桥灯。写江乡景物如绘。作旅行诗者，能掩卷若身临其地，便是佳诗。

字人无异术，至论不如清。（杜荀鹤）

诗为作牧令者下顶门一针，较岑参之"此乡多宝玉，慎勿厌清贫"，尤为简该。官箴而兼友道，不仅赠行诗也。

山色四时碧，溪光十里清。（王贞白）

此《咏钓台》之起句也，虽系平写，而下联云：严陵爱此景，下视汉公卿。笔力遒健，且写出子陵身份，可谓此题杰作。觉"子陵有钓台，光武无寸土"句，犹着议论也。

香中别有韵，清极不知寒。（崔道融）

咏梅诗伙矣，推"疏影横斜水清浅，暗香浮动月黄昏"为绝唱。此诗不着色相，而上句写梅之香韵，次句写梅之品格，足高压百花矣。齐己之"前村风雪里，昨夜一枝开"，虽意境稍狭，而微吟淡写，雅称瘤仙，他卉不能移易，亦称高咏。原句"昨夜数枝开"，许丁卯改为"一"字，称为一字师。学者解"一"字之胜于"数"字，可与言诗矣。

昔年家塾课童稚学诗，先作五字对以开其思路。盖五律之起结，固与中联并重，而中联用对仗，须炼字运典，尤为学诗之初步。余作甲编，仅就通行三百首中五律释之。而唐人诗如陟昆冈，无非美玉，乃取五言名句摘录数十联，其起结句之可师法者亦附录之，以告生徒。若欲深造博览，则各家专集具在，可择所喜者而从也。阶青识。

丙编

黄鹤楼——崔颢

> 昔人已乘黄鹤去，此地空余黄鹤楼。
>
> 黄鹤一去不复返，白云千载空悠悠。
>
> 晴川历历汉阳树，芳草萋萋鹦鹉洲。
>
> 日暮乡关何处是？烟波江上使人愁。

此诗向推绝唱，而未言其故，读者欲索其佳处而无从。评此诗者，谓其意得象先，神行语外，崔诗诚足当之。然读者仍未喻其妙也。余谓其佳处有二：七律能一气旋转者，五律已难，七律尤难；大历以后，能手无多，崔诗飘然不群，若仙人行空，趾不履地，足以抗衡李杜。其佳处在格高而意超也。黄鹤楼与岳阳楼，并踞江湖之胜。杜少陵、孟襄阳《登岳阳楼》诗，皆就江湖壮阔发挥。黄鹤楼当江汉之交，水天浩荡，登临者每易从此着想。设崔亦专咏江景，未必能出杜孟范围。而崔独从"黄鹤楼"三字着想，首二句点明题字，言鹤去楼空。乍观之，若平直铺叙。其意若谓仙人跨鹤，事属虚无，不欲质言之。故三句紧接黄鹤已去，本无重来之望，犹《长恨歌》言入地升天，茫茫不见也。楼以仙得名，仙去楼空，余者唯天际白云，悠悠千载耳。谓其望云思仙固可，谓其因仙不可知，而对此苍茫，百端交集，尤觉有无穷之感，不仅切定"黄鹤楼"三字着笔，其佳处在托想之空灵，寄情之高远也。通篇以虚处既已说尽，五六句自当实写楼中所见，而以恋阙怀乡之意，总结全篇。犹"岳阳楼"二诗，前半首皆实写，故后半首皆虚写，虚实相生。五七言同此律法也。

　　与此诗格调相同者，沈佺期《龙池篇》云：龙池跃龙龙已飞，龙德先天天不违。池开天汉分黄道，龙向天门入紫微。邸第楼台多气色，君王凫雁有光辉。为报寰中百川水，来朝此地莫东归。李白《鹦鹉洲》云：鹦鹉来过吴江上，江水洲传鹦鹉名。鹦鹉西飞陇山去，芳洲之树何青青。烟开兰叶香风暖，岸夹桃花锦浪生。迁客此时徒极目，长洲孤月向谁明？沈诗前四句专咏龙池，李诗前四句专咏鹦鹉，皆一气直书，皆于后四句写诗意，与崔诗同调也。后人登黄鹤楼者，因崔颢而不敢题诗。乾隆时黄仲则，自负清才，有句云：坐来云我共悠悠。为时传诵。亦好在托想空灵，就崔之白云悠悠句，加以"我"字，遂用古入化，然不能越崔之诗境外也。

古意——沈佺期

> 卢家少妇郁金香，海燕双栖玳瑁梁。
> 九月寒砧催木叶，十年征戍忆辽阳。
> 白狼河北音书断，丹凤城南秋夜长。
> 谁为含愁独不见，更教明月照流黄。

　　诗从古乐府脱化，首句言生小华贵，深居兰室，在郁金苏合香中。次言于归后倡随，若栖梁之双燕。三四用逆挽句法，征人辽海，荏苒十年，况木叶秋深，西风砧杵，寒衣待寄，益增离索之思。五句盼雁书而不到，承上征戍而言。六句感鱼钥之宵长，承上九月而言。收句言独处含愁，更堪明月凄清，来照流黄机上，且有"只容明月，照我幽居"之意，与"春风不相识，何事入罗帷"同其贞静也。

奉和圣制从蓬莱向兴庆阁道中
留春雨中春望之作应制——王维

渭水自萦秦塞曲，黄山旧绕汉宫斜。
銮舆迥出千门柳，阁道回看上苑花。
云里帝城双凤阙，雨中春树万人家。
为乘阳气行时令，不是宸游玩物华。

应制之诗，以庄丽而颂不忘规为合格。右丞此作，后四句尤佳。首句渭水黄山，言唐宫所在。三言驾自蓬莱宫出巡，四言在兴庆阁道中回望苑花，皆叙题中之事。五言觚棱双阙，高入云霄，状宫殿之尊崇。六言烟树万家，俱沾春雨，见邦畿之富庶。写景恢宏，句复工秀。结句言乘时布政，不为春游，立言得体。吴梅村《行围应制》诗：不向围中逢大雪，无因知道外边寒。与此同意。

赐百官樱桃——王维

芙蓉阙下会千官，紫禁朱樱出上阑。
才自寝园春荐后，非关御苑鸟衔残。
归鞍竞带青丝笼，中使频倾赤玉盘。
饱食不须愁内热，大官还有蔗浆寒。

咏樱桃者，以摩诘及少陵《野人赠樱桃》诗为最。王诗注重承赐，处处皆纪恩泽之隆。杜诗注重又见樱桃，处处皆见怀旧之切。王诗首言百官见召之由，三四言荐新甫毕，即赐臣僚，见敬礼之有加。五六句言先赐者已归鞍携去，后至者仍络绎倾盘，见沾赐之普遍。末句言更有蔗浆，恩意可云优渥矣。少陵诗云：西蜀樱桃也自红，野人相赠满筠笼。几回细写愁仍破，万颗匀圆讶许同。忆昨赐沾门下省，退朝擎出大明宫。金盘玉箸无消息，此日尝新任转蓬。首句即言明重见樱桃。三句用"仍"字，四句用"同"字，皆承首句而来，而尚是虚写。五六句追忆宫门拜赐，摩诘诗中之承平盛事，少陵曾躬遇之。于家国沧桑之后，多情野老，犹赠朱樱，当年玉箸金盘，真不堪追忆也。

敕借岐王九成宫避暑应教——王维

帝子远辞丹凤阙，天书遥借翠微宫。

隔窗云雾生衣上，卷幔山泉入镜中。

林下水声喧语笑，岩前树色隐房栊。

仙家未必能胜此，何事吹箫向碧空。

首句言岐王退朝，敕许借九成宫避暑，纪本事也。中四句言宫中台榭，皆在泉声山色中。林花迎剑佩之光，钗钿耀烟云之色，真上界之清都，故收句云无事求仙也。明皇有《游暑图》，绘妃嫔仪卫之盛，山水游观之乐，穷极工丽。余曾访唐宫遗迹，在温泉试浴。虽宫阙烟消，而山光滴翠，逼衣袂而生凉；水气蒸云，拍阑干而欲上，犹想见当时之胜。羡右丞诗之幔卷山泉，风传笑语，亲见其盛也。

送魏万之京——李颀

朝闻游子唱离歌，昨夜微霜初渡河。

鸿雁不堪愁里听，云山况是客中过。

关城曙色催寒近，御苑砧声向晚多。

莫是长安行乐处，空令岁月易蹉跎。

李诗在明代嘉隆时，多奉为圭臬。虽才力稍弱，而安详和雅，自是正音。此诗首二句平衍而已，三四句叙客况。句中以"不堪""况是"四字相呼应，遂见生动，与"江客不堪频北望，塞鸿何事亦南飞"同一句法。六句之向晚砧多，承五句关城寒近而来。收句谓此去长安，当以功名自奋，勿以游乐自荒，绕朝赠策，犹有古风。

杜侍御送贡物戏赠——张谓

铜柱朱崖道路难，伏波横海旧登坛。

越人自贡珊瑚树，汉使何劳獬豸冠。

疲马山中愁日晚，孤舟江上畏春寒。

由来此货称难得，多恐君王不忍看。

杜侍御以霜台峻秩，奉使南疆。赠行者当述使节之辉光，山川之伟丽。张独一扫浮词，全篇皆以规劝立言，诗笔复音铿而词秀，唐人集中，稀有之作也。起笔即言道路之难，勋标铜柱，唯有伏波。三四句言能远人向化，自贡奇琛，如越裳之驯雉北飞，肃慎之风牛南偃，何事远劳汉使。五六句承首句道路难而言，山程则臣马愁疲，水驿则孤舟生畏，况万里求珍，为仁君所不忍，非文德怀柔之意。张诗诚词婉而义正也。

九日宴蓝田崔氏庄——杜甫

老去悲秋强自宽，兴来今日尽君欢。
羞将短发还吹帽，笑倩旁人为正冠。
蓝水远从千涧落，玉山高并两峰寒。
明年此会知谁健，醉把茱萸仔细看。

杜陵以伤乱余生，逢场排闷。崔庄小集，所谓客中得酒，半衔悲喜也。通首如神龙拿空，首尾相应。开篇即言悲秋之士，强为君欢，已将本意说明。中联之短发自羞，承上悲秋之句，笑倩正冠，承上尽欢之句，而以落帽事点缀登高佳节。蓝水玉山二句，乃崔庄本地风光，随笔写来，句法自臻高浑。篇终慨浮生之难料，把茱萸而细看。盛会不常，良朋可恋，老去强欢之意，溢于言外，不觉叹息弥襟矣。

曲江对雨——杜甫

城上春云覆苑墙，江亭晚色静年芳。
林花着雨燕脂湿，水荇牵风翠带长。

龙武新军深驻辇，芙蓉别殿谩焚香。

何时诏此金钱会，暂醉佳人锦瑟旁。

　　安史乱后长安棋局一新，少陵故国平居，新君当宁，而追念故君，有难言之感。曲江重到，仅能以低徊蕴藉之词，追想开元盛事耳。首句谓缭垣过雨，春静江亭，隐寓"晚来风起花如雪，飞入宫墙不见人"之慨。三四写江亭寂静之景，虽林花水荇，雨后增妍，而生翠嫣红，无人留赏。五六句言上皇曾率龙武禁军，自夹城趋芙蓉园，极笳鼓旌麾之盛。今驰道依然，仅余废辇，殿门深锁，谁爇炉香。少陵有"青春波浪芙蓉园，白日雷霆夹城仗"句，即此意也。结句谓当日承天门赐宴，掷盈路之金钱，列教坊之歌伎，翠袖承花，朱弦按曲，君臣同醉，为乐未央。诗言何时更奉诏者，明知逝水之难回，姑盼恩波之重沐，亦可伤矣。

南邻——杜甫

锦里先生乌角巾，园收芋粟未全贫。

惯看宾客儿童喜，得食阶除鸟雀驯。

秋水才添四五尺，野航恰受两三人。

白沙翠竹江村暮，相送柴门月色新。

　　先生不知何许人，与少陵为友，其人正复不俗。首句言角巾飘然，见其服之雅也。次言芋粟亦资生计，见其能耐清贫也。三句写其家庭之雍霭。四句写其心术之仁慈。五六言秋水到门，才高几尺，小舟系岸，恰受数人，预为拿舟送客之用。末谓邻友深谈，不觉流连至晚，满江月色，始泛艇而归。高情雅致，具见于诗矣。杜诗三用"受"字：轻燕受风斜，修竹不受暑，与野航恰受句，皆善用"受"字。

宾至——杜甫

> 幽栖地僻经过少，老病人扶再拜难。
> 岂有文章惊海内，漫劳车马驻江干。
> 竟日淹留佳客坐，百年粗粝腐儒餐。
> 不嫌野外无供给，乘兴还来醉药阑。

此诗与"舍南舍北皆春水"诗，同一宾客至，而舍南诗脱略形迹，索诸厨而竟无兼味，谋于妇而只有旧醅，更招邻叟，以尽余欢，极写清贫之风趣。此诗当是高轩枉顾。首句即言老病村民，恕难再拜。三四句虽系谦词，实以文章耆宿，隐然自负。五六句谓竟日清谈，而腐儒相饷者，仍无兼味，不因佳客而盛其供张。末句意谓布衣老大，固可长揖公卿，但杯盘草草，恐侮宾慢贤，故望其野外重来，以尽地主之谊。合《客至》《宾至》两诗观之，少陵交友，于无谄无骄之义，两得之矣。

登高——杜甫

> 风急天高猿啸哀，渚清沙白鸟飞回。
> 无边落木萧萧下，不尽长江滚滚来。

万里悲秋常作客，百年多病独登台。

艰难苦恨繁霜鬓，潦倒新停浊酒杯。

　　七律为格调所拘，欲寓神明于矩矱，殊非易事。唯少陵才大，变化从心，如公孙舞剑，极纵横动荡之致，七律而同于七古之排奡也。起结皆用对句，一提便起，一勒便住，忘其为对偶。首句于对仗中兼用韵，分之有六层意，合之则写其登高纵目，若秋声万种，排空杂沓而来。中四句，风利不得泊，有一泻千里之势，纯以气行，而意自见。五六句亦分六层意，而以融合出之。末句感时伤老，虽佳节开筵，而停杯不御，极写其潦倒之怀也。与"即从巴峡穿巫峡，便下襄阳向洛阳"诗，格调相同。若仿其用对句作收笔，而结束无力，则无异颈腹二联矣。

明妃村——杜甫

群山万壑赴荆门，生长明妃尚有村。

一去紫台连朔漠，独留青冢向黄昏。

画图省识春风面，环佩空归夜月魂。

千载琵琶作胡语，分明怨恨曲中论。

　　咏明妃诗多矣，沈归愚推此诗为绝唱，以能包举其生平，而以苍凉激楚出之也。首句咏荆门之地势，用一"赴"字，沉着有力。次句谓如此山水名邦，而清淑之气，独钟于女子，至今江头行客，犹说遗村。寰中艳迹，可与西子苎萝村千秋争美矣。三四谓一去胡沙，愈行愈远，而芳魂恋阙，墓门草色长青，表明妃之志也。五六谓汉帝仅于画中一见，悔莫能追，环佩空归，安得更承恩泽，哀明妃之遇也。收句谓汉家宫阙，久已烟消，即埋玉荒丘，亦长沦边徼。其遗音感人者，幸有马上琵琶，流传旧乐，掩抑冰弦，如诉出绝塞飘零之苦，差足为明妃写怨矣。

诸将——杜甫

回首扶桑铜柱标，冥冥氛祲未全消。
越裳翡翠无消息，南海明珠久寂寥。
殊锡曾为大司马，总戎皆插侍中貂。
炎风朔雪天王地，只在忠良翊圣朝。

少陵《诸将》五首皆感怀时事，反复咏叹，所谓言者无罪，闻者足戒。此诗悲情壮采，尤为警动，可谓诗史矣。首二句言勿谓炎荒之地，绥定为难，但看铜柱标勋，当日伏波横海，曾建奇功，何以至今氛祲尚未消耶？三四谓化外越裳，固无翡翠，即境中南海，谁贡明珠？五六谓环顾廷臣，司马则登坛节钺，侍中则上服金貂，邀殊锡而冀总戎者，接踵于朝。乃求官而逢硕鼠，御将而得饥鹰，可为长太息矣。时方回纥窥边，故末句因炎风扇海，而兼及朔雪防秋，听鼓鼙而思将帅，有望于方召之忠良也。

古城——刘长卿

孤城上与白云齐，万古萧条楚水西。
官舍已空秋草没，女墙犹在夜乌啼。

平沙渺渺迷人远，落日亭亭向客低。

飞鸟不知陵谷变，朝来暮去弋阳溪。

　　盛唐之诗人怀古，多沉雄之作，至随州而秀雅生姿，殆风会所趋耶。此诗首句总写古城之景。次句总写萧条之态。三四承次句，实写其萧条。昔之官舍，衣锦排衙，今则秋原草没；昔之女墙，严城拥雉，今则夜月乌啼。五六亦承次句，虚写其萧条。极目平沙，更无人迹，唯有向人斜日，伴凭高游客，少驻余光。末句谓一片荒城，消沉多少人物，而飞鸟无情，依旧嬉翔朝暮。鸟而有知，其亦如令威之化鹤归耶？登临览胜者，每当夕阳在野，易发思古之幽情。如近人《金陵》诗云：芳草久荒邀笛步，夕阳还上胜棋楼。《南阳》诗云：疆里久荒申伯国，夕阳谁问汉家营。《秦州》诗云：鹿场零雨迷周道，雁影斜阳没汉宫。皆有对此苍茫之叹，因录长卿落日句，偶忆及之。后之览者，其有同感乎？

自巩洛舟行入黄河寄友——韦应物

夹水苍山路向东，东南山豁大河通。
寒树依微远天外，夕阳明灭乱流中。
孤村几岁临伊岸，一雁初晴下朔风。
为报洛桥游宦侣，扁舟不系与心同。

　　前六句纯写道中所见。首二句言自巩洛东来，两岸青山，孤帆一片，至东南山脉断处，前亘大河。自山重水复中来，睹浩瀚黄流，天垂大野，心目开朗。用一"豁"字，殊为确当。三句凡江湖空阔处，每于天末见远树浮烟。黄仲则诗：瓜步江空微有树。亦即此意。四句以黄河浪涌，起伏不定，故夕阳照之，时明时灭，与皇甫冉之"滩月碎光流"，其景不同，其理同也。三句在画中远景，尚能以笔墨写之，四句天然妙景，为画工所不到。五句言河畔荒沙，居民稀少，唯伊川岸侧，尚有孤村。六句言秋晴始见雁飞，与"灞原风雨定，晚见雁行频"同意。结句归到寄友，言东来随处寄泊，己之委心任运，亦同不系之舟。常建诗"一身为轻舟"同此意也。

寄李儋元锡——韦应物

去年花里逢君别，今日花开又一年。
世事茫茫难自料，春愁黯黯独成眠。
身多疾病思田里，邑有流亡愧俸钱。
闻道欲来相问讯，西楼望月几回圆。

首二句，凡怀人者，皆有此意，作者淡淡写出，而怀友感时，深情无限。三四句以阅世既深，万事无久而不变者，无可预料，料亦徒然，唯有春愁黯黯，欹枕独眠，付诸炊粱梦境耳。五句言以身许国，宁敢鸣高，无如老病侵寻，归田外更无长策。六句凡居官者，廉洁已称难能，韦则因邑有流亡，并应得之俸钱，亦觉受之有愧，非特廉吏，且蔼然仁人之言矣。收句登楼望月，仍言怀友之意，首尾相应，亦淡淡写之，韦诗之本色也。

自苏台至望亭驿，人家尽空，
春物增思，怅然有作，寄从弟——李嘉祐

南浦菰蒲覆白蘋，东吴黎庶逐黄巾。
野棠自发空临水，江燕初归不见人。
远树依依如送客，平田漠漠独伤春。
那堪回首长洲苑，烽火年年报虏尘。

此诗纪乱后荒凉之状。首句言白蘋覆水，南浦春寒，纪泊舟之地也。次句言黄巾虽去，黎庶凋伤，纪当时之事也。三句言临水野棠，当春自发，则田畴之荒废可知。四句言江燕归来，更无栖处，则人家之寥落可知。宋元嘉兵燹后，归燕巢于林木。乱离景象，今古同之。五六句言平田极目，远树犹存，乃写题中怅然之意。末句言旧苑长洲，虏尘未息，当日繁华，不堪回首矣。近人黎孝廉庶焘《还家》诗云：乱后归来百感生，凄寒回首旧柴荆。田园荡尽成今昔，戚里飘零半死生。燕掠虚堂寻故主，牛依残垒事春耕。孤儿一掬松楸泪，洒向东风荠麦青。伤乱余生，与李诗同其激楚。诗本性情，无论欢娱愁苦之言，能真切动人，便为佳咏也。

晚次鄂州——卢纶

云开远见汉阳城，犹是孤帆一日程。
估客昼眠知浪静，舟人夜语觉潮生。
三湘愁鬓逢秋色，万里归心对月明。

旧业已随征战尽，更堪江上鼓鼙声。

作客途诗，起笔须切合所在之境，而能领起全篇，乃为合作。此诗前半首尤佳。其起句言江天浩莽，已远见汉阳城郭，而江阔帆迟，尚费行程竟日。情景真切，句法亦纡徐有致。三句言浪平舟稳，估客高眠。凡在湍急处行舟，篙橹声终日不绝。唯江上扬帆，但闻船唇啮浪，吞吐作声，四无人语，水窗倚枕，不觉寐之酣也。四句言野岸维舟，夜静闻舟人相唤，加缆扣舷，众声杂作，不问而知为夜潮来矣。诵此二句，宛若身在江船容与之中。可见诗贵天然，不在专工雕琢。五六句言客子思乡，湘南留滞。结句言三径全荒，而鼙鼓秋高，犹闻战伐，客怀弥可伤矣。

夏夜宿表兄话旧——窦叔向

夜合花开香满庭，夜深微雨醉初醒。
远书珍重何由达，旧事凄凉不可听。
去日儿童皆长大，昔年亲友半凋零。
明朝又是孤舟别，愁见河桥酒幔青。

此诗平易近人，初学皆能领解。录此诗者，以其一片天真，最易感动，中年以上者，人人意中所有也。开篇言微雨生凉，花香满院，密亲话旧，薄醉初醒，此乐正不易得。三句言往日郑重寄书，而关河修阻，天远书沉。四句言酒后纵谈往事，其拂意者，固触绪多悲，即快足之事，俯仰亦为陈迹，总之皆凄凉不可听耳。

五六言此草草数十年中，不觉光阴水逝，迨握手重逢，当日之婴娲已成丁壮，而老成半就凋零，则吾辈之嶙嶒暮景可知。收句言情话方长，而骊歌已唱，真觉风雨西楼，酒醒人远矣。此诗与五律中戴叔伦之"天秋月又满"诗，李益之"十年离乱后"诗，司空曙之"故人江海别"诗，皆亲友唱酬，情文兼至之作。唐人于此类诗最为擅场，不失风人敦厚之旨也。

寻隐者韦九——朱湾

> 寻得仙源访隐沦，渐来深处渐无尘。
> 初行竹里唯通马，直到花间始见人。
> 四面云山谁作主，数家烟火自为邻。
> 路旁樵客何须问，朝市如今不是秦。

诗为访隐士而作，故以写幽深之境，得天然之趣为主。首二句言访山中高士，去城市渐远，觉尘氛一扫，呼吸都清。三句言韦九所居，在修竹林中，窄径仅能通马，已觉其深；迨进叩花间之户，始见有人，其幽深可想。五句谓四面云山，若终日供其吟赏，其实初非己有，所谓明月清风，取无禁而用不竭，非主而亦主矣。六句谓隐居初不藉邻，但远近只此数家烟火，同在山中，衡门相望，非邻而亦邻矣。此二句能写出纯任自然之趣。收笔谓朝市承平，韦乃天性高蹈，非为避秦而遁，所谓盛世之巢由也。

左迁至蓝关示侄孙湘——韩愈

一封朝奏九重天，夕贬潮阳路八千。

欲为圣朝除弊事，肯将衰朽惜残年。

云横秦岭家何在，雪拥蓝关马不前。

知汝远来应有意，好收吾骨瘴江边。

昌黎文章气节，震烁有唐。即以此诗论，义烈之气，掷地有声，唐贤集中所绝无仅有也。前半首谓朝上书而夕贬窜，明知批鳞盛怒，折槛难回，而不欲留弊政为圣朝之累。衰朽余年，生死且不顾，宁恤左迁。然忠义本于人情，回顾身家，焉得绝无凄怆。故五句言秦岭云横，家人何处；六句言蓝关雪满，马尚不前，何况迁客。与吴汉槎之"马后桃花马前雪，出关争得不回头"同一逐臣去国之悲。但志决身歼，百挫无悔，故末句谓瘴江收骨，绝无怨尤。高义英词，可薄云天而铭金石矣。

登柳州城楼寄漳汀封连四州刺史——柳宗元

城上高楼接大荒，海天愁思正茫茫。

惊风乱飐芙蓉水，密雨斜侵薜荔墙。

岭树重遮千里目，江流曲似九回肠。

共来百越文身地，犹自音书滞一乡。

唐代韩柳齐名，皆遭屏逐。昌黎蓝关诗见忠愤之气，子厚柳州诗多哀怨之音。起笔音节高亮，登高四顾，有苍茫百感之概。

三四言临水芙蓉，覆墙薜荔，本有天然之态，乃密雨惊风，横加侵袭，致嫣红生翠，全失其度。以风雨喻谗人之高张，以薜荔芙蓉喻贤人之摈斥，犹楚辞之以兰蕙喻君子，以雷雨喻摧残，寄慨遥深，不仅写登城所见也。五六言岭树云遮，所思不见，临江迟客，肠转车轮，恋阙怀人之意，殆兼有之。收句归到寄诸友本意。言同在瘴乡，已伤谪宦，况音书不达，雁渺鱼沉，愈悲孤寂矣。

长安晓望——司空曙

迢递山河拥帝京，参差宫殿接云平。
风吹晓漏经长乐，柳带晴烟出禁城。
天净笙歌临路发，日高车马隔尘行。
独有浅才甘未达，多惭名在鲁诸生。

通首皆赋长安之壮丽繁华，而己则负才不遇，有"冠盖满京华，斯人独憔悴"之感。首句言河山表里，拱卫王畿，写长安之大概也。次句言珠宫玉殿，上与云齐，写宫阙之壮伟也。三四言遥瞻长乐禁城，帘远堂高，君门万里，所得见闻者，唯隐隐风传晓漏，依依柳带晴烟耳。五六言长安贵人仪从嬉游之盛，每值风和云净，时闻夹道笙歌，高车驷马，驰骋九衢，而己则望尘莫及，唯有庾扇自遮。末句言身虽未显，在诸生中亦凤负才，自惭实自伤也。

西塞山怀古——刘禹锡

王濬楼船下益州，金陵王气黯然收。

千寻铁锁沉江底，一片降幡出石头。

人世几回伤往事，山形依旧枕寒流。

从今四海为家日，故垒萧萧芦荻秋。

　　梦得与元微之、韦楚客、白乐天同赋此题。梦得诗先成，乐天览之曰：四人共探骊龙，君已得珠，余皆鳞爪矣。遂罢唱。此诗乍观之，前半首不过言平吴事，后半首不过抚今追昔之意。诗诚佳矣，何以元白高才，皆敛手回席？梦得必有过人之处。评此诗者，谓其起二句如黄鹄高举，见天地方圆，三四句见长江地利之不足恃。所评诚是。然此诗所以推为绝唱，未有发明之者。余谓刘诗与崔颢《黄鹤楼》诗异曲同工。崔诗从黄鹤仙人着想，前四句皆言仙人乘鹤事，一气贯注。刘诗从西塞山铁锁横江着想，前四句皆言王濬平吴事，亦一气贯注。非但切定本题，且七律能四句专咏一事，而劲气直达者，在盛唐时，沈佺期龙池篇，李太白鹦鹉篇外，罕有能手，梦得独能方美前贤。故乐天有骊珠之叹也。五六句之用意，崔以题为"黄鹤楼"，故实写楼中所见；刘以题为"西塞山怀古"，故表明怀古之意。藻不妄抒，刘与崔亦同。此二句韵致殊隽，与孟浩然《登岘首山》诗同工。且六句用一"枕"字，以东西梁山，夹江对锁，山形平卧而非突兀，"枕"字颇能有之。其末句用意，崔则言登望而思乡国，刘则言承平不用防江，皆别出一意，以收束全篇。余故谓崔刘二诗其佳处同，其格调亦同，所以推为绝唱也。

始闻秋风——刘禹锡

昔看黄菊与君别，今听玄蝉我却回。

五夜飕飗枕前觉，一年形状镜中来。

马思边草拳毛动，雕盼青云倦眼开。

天地肃清堪四望，为君扶病上高台。

　　大历以后之诗，格调则秀雅为多，词句则雕镂是尚，去盛唐浑厚之风渐远。梦得此作，振笔挥洒，英气勃发，不作寻常悲秋之语，法乳直接少陵。诗中"君"字，论者谓未详所指，有谓其悼亡者。诗咏骏马健雕，与悼亡无涉。有谓其怀友者。唐人赠友诗伙矣，其姓名皆见标题，若梦得闻秋风而思友，亦不能外此例，而仅言"始闻秋风"者，余谓两用"君"字，即指秋风而言。对明月而称交友，抚修竹而呼此君，君者对己而言，各适其用也。首二句言篱菊黄时，已秋暮冬初，曾与君别。今蝉声送暑，君至我回，真觉一年容易。三四即承上感时之意。三句言寂寞清宵，枕前先觉。欧阳《秋声赋》亦因夜读而作，以静夜声凄，感人最易也。四句言因惊秋而揽镜，叹须鬓之加苍，不仅观河面皱之嗟，且与少陵"勋业频看镜"句同深慷慨。故五六紧接以马思边草，雕盼青云，隐然有久蛰思起之怀。五六论其诗意，固以揽辔陈情，自写抱负，即以诗句论，亦殊雄健。马闻秋风，而拳毛森动，与少陵《咏天马》诗"秋草遍山，苍茫迥立"，同其昂奋。六句言雕以秋高，思抟风直上。草枯眼疾，正雕鹗争先得路之时。此二句虽写秋风感物，而实正喻夹写也。收句谓秋气清肃，荡涤尘嚣，即衰病之身，且为君登台，一舒沉郁，亦与少陵之悲秋作客，多病登台，同此襟期磊落。余故谓此诗神似浣花也。

酬乐天席上见赠——刘禹锡

巴山楚水凄凉地，二十余年弃置身。
怀旧空吟闻笛赋，到乡翻似烂柯人。
沉舟侧畔千帆过，病树前头万木春。
今日听君歌一曲，暂将杯酒长精神。

梦得此诗，虽秋士多悲，而悟彻菀枯，能知此旨，终身无不平之鸣矣。首二句言楚客凄凉，多年放逐，自述其身世也。三句言岁华淹忽，耆旧凋零，当年同调，皆山阳笛里之人。四句言故乡重到，城郭犹是，人民已非，如王质持烂斧归来。二句皆怀旧之思也。五六久推名句，谓自安义命，勿羡他人。试看沉舟病树，何等摧颓，若宇宙皆无情之物，而舟畔仍千帆竞发，树前仍万木争荣。造物非厚于千帆万木，而薄于沉舟病树，盖行所不得不行，止所不得不止，造物亦无如之何，深合蒙庄齐物之理矣。末句归到席上见赠，不言借酒浇愁，而言精神更长，所谓空肠得酒芒角出，绝不作颓丧语。与《始闻秋风》诗同其豪迈也。

与元八卜邻——白居易

平生踪迹最相亲，欲隐墙东不为身。
明月好同三径夜，绿杨宜作两家春。
每因暂出犹思伴，岂得安居不择邻。
何独终身数相见，子孙长作隔墙人。

此诗论句法则层层推进，论交情则愈转愈深。在七律中此格甚少，词句亦流转而雅切也。首二句生平至友，独数君家，所以卜邻者，欲与吾友联踪叠迹，不仅为身谋也。三四言素月当天，绿杨拂地，虽佳景天然，只能独赏；今与卜邻，三径则清辉同照，两家则春色平分，其乐弥多。后人结邻诗，如吴企晋诗云：两岸人烟分市色，一溪灯火共书声。梅圣俞诗云：隔篱分井水，穿壁共灯光。徐铉诗云：井泉分地脉，砧杵同秋声。皆结邻之佳句，比类纪之，俾初学者知题同句异，各有思致也。后半首意极明畅，言暂出犹思，何况久住，更愿子孙芳邻永结。交情至此，深挚无伦矣。杜牧街西诗"名园相倚杏交花"，与绿杨句同妙，而工细过之。

马嵬——李商隐

> 海外徒闻更九州，他生未卜此生休。
> 空闻虎旅传宵柝，无复鸡人报晓筹。
> 此日六军同驻马，当时七夕笑牵牛。
> 如何四纪为天子，不及卢家有莫愁。

白乐天《长恨歌》言玄宗令道士远访杨妃事，玉溪亦云然。首句言杨妃遍求不见，瀛海之外，更有九州，虚传其说耳。次句言七夕之誓，愿世为夫妇，事属虚渺，而此生之恩爱已休。三四言虽率六军西幸，警卫犹严，而当年绛帻传筹，同梦听鸡之夜，不可复得。五六句非但驻马牵牛，以本事而成巧对，且用逆挽句法。颈联能用此法，最为活泼。温飞卿《咏苏武庙》诗：回日楼台非甲帐，去时冠剑是丁年。亦逆挽法也。末句言御宇多年之主，而掩面不能救一爱妃；莫愁虽民间夫妇，而蓬门相守，犹胜天家。为杨妃惜，亦以讥玄宗也。

重过圣女祠——李商隐

白石岩扉碧藓滋，上清沦谪得归迟。
一春梦雨常飘瓦，尽日灵风不满旗。
萼绿华来无定所，杜兰香去未移时。
玉郎会此通仙籍，忆向天阶问紫芝。

　　作游仙诗者，多涉云思霞想。楚蜀之神女庙、小姑祠，虽皆托之遐想，尚有遗像流传。圣女以石形虚拟，初无其像。玉溪此篇，借以寓身世之感，起结皆表明其意，随园《落花》诗所谓"清华曾荷东皇宠，飘泊原非上帝心"也。首句言岩扉深掩，苔绣年深，见古祠之荒寂。次句言己亦上清仙史，而华鬘坠劫，留滞未归，为圣女所笑也。三句之梦雨，即微雨。言虽有梦雨，而不过飘瓦；虽有灵风，而常不满旗。则圣女之来，在若无若有之间。五六句以祠在武都悬崖之侧，石壁有妇人像，上赤下白，人称为圣女，以形似得名，非实有其神，故以萼绿华、杜兰香相拟，谓神来无定，若洛神之徙倚旁皇。因系重过圣女祠，故六句言昔年曾到此山，薜荔披衣，女萝萦带，若人在山阿，今日重游，觉兰香仙迹，去人未远也。收笔承第二句上清沦谪之意，言曾侍玉皇香案，采芝往事，长忆天阶。全篇皆空灵缥缈之词，极才人之能事矣。

隋宫——李商隐

> 紫泉宫殿锁烟霞，欲取芜城作帝家。
> 玉玺不缘归日角，锦帆应是到天涯。
> 于今腐草无萤火，终古垂杨有暮鸦。
> 地下若逢陈后主，岂宜重问后庭花？

凡作咏古诗，专咏一事，通篇固宜用本事，而须活泼出之，结句更须有意，乃为佳构。玉溪之《马嵬》《隋宫》二诗，皆运古入化，最宜取法。首句总写隋宫之景。次句言芜城之地，何足控制宇内，而欲取作帝家。言外若讥其无识也。三四言天心所眷，若不归日角龙颜之唐王，则锦帆游荡，当不知其所止。五六言于今腐草江山，更谁取流萤十斛；怅望长堤，唯有流水栖鸦，带垂杨萧瑟耳。萤火垂杨，即用隋宫往事，而以感叹出之，句法复摇曳多姿。末句言亡国之悲，陈隋一例，与后主九泉相见，当同伤宗稷之沦亡，玉树荒嬉，岂宜重问耶！

重有感——李商隐

> 玉帐牙旗得上游，安危须共主君忧。
> 窦融表已来关右，陶侃军宜次石头。
> 岂有蛟龙愁失水，更无鹰隼击高秋。
> 昼号夜哭兼幽显，早晚星关雪涕收。

此诗纪甘露之变，唐宗魁柄下移，为中官所制，故第五句有蛟龙失水之喻。玉溪之外舅，为泾原节度使王茂元，拥强兵坐镇，地踞上游，故盼其起兵勤王，一清君侧。起二句之牙旗玉帐，与主分忧，四句之陶侃军兴，六句之鹰隼奋击，结句之雪涕收关，皆对茂元而发，深盼其能赴国难也。时昭义节度使刘从谏慷慨上书，三句以窦融进表拟之，借勖茂元，冀其袍泽同仇。七句言己之昼夜呼号，当幽显神人所共鉴，效包胥之哭秦庭，祈茂元之一听。此为感事之诗，必证以事实，始能明其意义，不仅研求句法。即以诗格论，玉溪生平瓣香杜陵，其忠愤诙荡之气，溢于楮墨，雅近杜陵也。

赠别前蔚州契苾使君——李商隐

何年部落到阴陵，三世勤王国史称。

夜卷牙旗千帐雪，朝飞羽骑一河冰。

蕃儿襁负来青冢，狄女壶浆出白登。

日晚鸊鹈泉畔猎，路人遥识郅都鹰。

此诗赠漠南归诚之部落，壮健而得体，雅与题称。首句言朔方雄族，久驻阴陵。次句言其祖以外酋向化，为唐初功臣，世笃忠贞之裔，久著勋名。三四言千帐雪飞，牙旗夜肃，长河冻合，怒马朝腾，见天时之严寒，而不减军容之壮盛。五六言蕃儿狄女，皆襁负壶浆而至，见使君招来绥辑之功。结句言其骑射之精，行猎兼以习武，郅都鹰健，路人遥识名藩。收笔之余劲，犹能穿札也。

井络——李商隐

井络天彭一掌中，漫夸天设剑为峰。
阵图东聚夔江石，边柝西悬雪岭松。
堪叹故君成杜宇，可能先主是真龙。
将来为报奸雄辈，莫向金牛访旧踪。

巴蜀为天府之国，足以闭关自守。乘时崛起者，都窃踞称雄。故玉溪此篇，深致戒焉。首句井络天彭，言分野之广大；次句剑峰天险，言地利之难恃，皆举全蜀而言。三四承次句而分言之。三句谓阵图石转，带白盐赤甲之雄，纪东川之险也。四句谓雪岭秋高，扼邛笮康辅之隘，纪西川之险也。后半首承上而言。如此天险，宜可金汤永固矣，而霸图已渺，空留杜宇之魂，炎井重窥，未竟飞龙之业。自昔英豪辈出，尚且偏霸无成，则后来之公孙跃马，刘辟称戈，亦当鉴于往事，而戢其雄心，勿慕秦王之遣力士开山，再访金牛遗迹矣。

泪——李商隐

永巷长年怨绮罗，离情终日思风波。
湘江竹上痕无限，岘首碑前洒几多。
人去紫台秋入塞，兵残楚帐夜闻歌。
朝来灞水桥边过，未抵青袍送玉珂。

诗题只一"泪"字，而实为送别而作，其本意于末句见之。前六句列举古人挥泪之由，句各一事，不相连续，而结句以"未抵"二字结束全篇，七律中创格也。首二句以韵语而作对语，一言宫怨之泪，一言离人之泪。三句言抚湘江之斑竹，思故君之泪也。四句言读岘首之残碑，怀遗爱之泪也。五六句言白草黄云，送明妃之远嫁；名姬骏马，悲项羽之天亡。家国苍凉，同声一恸，儿女英雄之泪也。末句言灞桥送别，挥手沾巾，纵聚千古伤心人之泪，未抵青袍之湿透。玉溪所送者何人，乃悲深若是耶？

过陈琳墓——温庭筠

> 曾于青史见遗文，今日飘蓬过此坟。
> 词客有灵应识我，霸才无主始怜君。
> 石麟埋没藏春草，铜雀荒凉对暮云。
> 莫怪临风倍惆怅，愿将书剑学从军。

飞卿生不逢时，过陈琳墓而藉鸣其抑郁。首二句谓余生也晚，仅于青史中见君遗文，而深向往。今日适以飘泊他乡，过荒凉之墓，其感想何如耶？三句谓九地无知，则同归冥漠，若词客有灵，则如我者，身世之相同，意气之相感，君应识我矣。四句谓袁绍非霸才，不堪为主。为君怜，亦自怜也。五六句用转笔，谓勿悲冢上石麟，已深埋春草，即以魏武一世之雄，亦不能保其铜雀荒台，但余漳水无情，暮云深锁，其消沉无异于君也。结句言己之临风惆怅者，将以飘零书剑之身，投笔从军，以功名自奋。世无人知，异代萧条，唯有向墓门而一诉耳。

和友溪居别业——温庭筠

积润初消碧草新，凤阳晴日带雕轮。

风吹弱柳平桥晚，雪点寒梅小院春。

屏上楼台陈后主，镜中金翠李夫人。

花房透露红珠落，蛱蝶双飞护粉尘。

　　此诗弱柳寒梅句，不事锤炼，而风致如画，为写景之秀句。五六句言陈后主之楼台，李夫人之金翠，极人间之美丽矣，而于屏上镜中见之，可望而不可即。色即是空，本无诸相，丽句而兼妙悟也。但中四句专用字面，而不用语意相贯，大陆才多，偶为之固无不可，句亦殊佳；乃其起结，亦用词藻，而少意义，似未尽美。录此诗者，因诗以情文相生为贵，以八叉之才，尚不免文胜于情。学者观此，知不宜以涂泽为工也。

赠知音——温庭筠

翠羽花冠碧树鸡，未明先向短墙啼。

窗间谢女青蛾敛，门外萧郎白马嘶。

残曙微星当户没，淡烟斜月照楼低。

上阳宫里钟初动，不语垂鞭过柳堤。

　　此诗虽非飞卿之杰作，而层次最为清晰。诗题仅写"赠知音"，其全首皆言侵晓别离之意。首二句墙畔鸡声已动，纪残宵欲别之时也。三句言长眉不展，满镜都愁，指所赠者言也。四句言门外班骓，匆匆欲发，谓己之不得暂留也。五六纪分袂之时，斜月微星，仅淡淡写晓天光景，而黯然魂消之意，自在言外。末句言己行之后，远处闻上阳钟动，已晨光熹微，无聊情绪，垂鞭信马而行，唯见晓风杨柳，披拂长堤，而画楼人远矣。

卧病——许浑

寒窗灯尽月斜辉，佩马朝天独掩扉。

清露已凋秦塞柳，白云空长越山薇。

病中送客难为别，梦里还家不当归。

唯有寄书书未达，卧闻燕雁向南飞。

诗家体格，清词丽句，各擅其长。此诗因卧病有怀而作，前半首稍用字面，余皆宛转言情，清而有味，胜于丽而无则也。首二句言月斜灯暗，病榻易醒，正早朝车马，晨摇玉佩之时，而己则掩关寂寂，只自悲耳。三四言滞迹秦关，已秋寒杨柳；遥忆乡山薇蕨，空待归人。用"已"字"空"字，动荡其句法，语气乃开合生姿。五六言送客已难为别，况是病中；还家方遂素心，乃在梦里。皆推进一层写法，弥觉可伤。收句言乡书欲寄，而驿使稀逢；感春燕秋鸿之来去，枕上闻声，唯有以一片乡心，托南飞之羽耳。

和友人鸳鸯之什——崔珏

翠鬣红毛舞夕辉，水禽情似此禽稀。

暂分烟岛犹回首，只渡寒塘亦并飞。

映雾尽迷珠殿瓦，逐梭齐上玉人机。

采莲无限兰桡女，笑指中流羡尔归。

　　鸳鸯为同命之鸟，唯河洲之雎鸠，关关对语，差可拟之。首句谓翠红文采，绚映斜阳，言鸳鸯之色也。次句谓水禽中相爱而具贞性，似此禽者，甚为稀有，言鸳鸯之性也。三四言鸳鸯之飞鸣宿食，不过在寒塘烟岛，地小回旋，乃仅片刻之分离，犹相呼回首；只萦洄之带水，亦接翼齐飞。写两禽情爱之深，可谓善于体物矣。三四句已言鸳鸯之情，五六乃变换句法，言殿上覆鸳鸯之瓦，闺中织鸳鸯之锦，故用其故实，而以映雾迷离，逐梭来往，以衬贴之，中二联遂虚实兼到。收句更翻新意，言采莲女伴，见同命文禽，依依相并，能不感幽情而生叹羡耶？全首中，六句皆咏本题，而结处别开意境，律诗中恒有之法也。

鹧鸪——郑谷

暖戏烟芜锦翼齐，品流应得近山鸡。

雨昏青草湖边过，花落黄陵庙里啼。

游子乍闻征袖湿，佳人才唱翠眉低。

相呼相伴湘江畔，苦竹丛深春日西。

　　首二句实赋鹧鸪，言平芜春暖，锦翼齐飞，颇似山鸡之文采。三四句虚咏之，专尚神韵。鹧鸪以湘楚为多，青草湖边，黄陵庙里，在古色苍茫之地，当雨昏花落之时，适有三两鹧鸪，哀音啼遍。故五六接以游子闻声，而青衫泪湿，佳人按拍，而翠黛愁低也。末句言春尽湘江，斜阳相唤，就题作收束而已。

崔珏以鸳鸯诗得名，称崔鸳鸯。郑谷以鹧鸪诗得名，称郑鹧鸪。故二诗连缀写之。崔写其情致，郑写其神韵，各臻妙境。唯崔诗通体完密，郑都官虽名出崔上，此诗后四句，似近率易，逊于崔诗。若李群玉之赋鹧鸪，亦专咏其声，又逊于郑作也。李白《越中》诗：宫女如花满春殿，至今唯有鹧鸪飞。郑谷《赠歌者》诗：座中亦有江南客，莫向春风唱鹧鸪。因其凄音动人，故怀古思乡，易生惆怅也。

春尽——韩偓

> 惜春连日醉昏昏，醒后衣裳见酒痕。
> 细水浮花归别浦，断云含雨入孤村。
> 人间易得芳时恨，地胜难招自古魂。
> 惭愧流莺相厚意，清晨犹为到西园。

致光少年，喜为香奁诗，其后节操岳然，诗格亦归雅正。此诗首二句言惜春情绪，借酒浇愁，迨醒后见襟上余湿，始知沾醉之深。三句言落花无主，飘荡随波，花随春去远矣。四句言微阴不散，时有断云将雨，渐入孤村。此二句不过言春尽之景，而自有黯黯春愁之思。以三四句既写景，故后半首言情。五句谓世途扰扰，谁惜芳时，唯闲人坐惜流光，易生怅惘。六句言胜地欢场，经多少名士佳人之吟赏，乃良辰美景，不异当年，而楚醑招魂，安能更起。结句言多谢流莺念旧，犹到西园，伴余寂寞，则尘凝芳树，足音不到可知矣。近人诗云：地经前路成惆怅，人对芳晨转寂寥。有同慨也。

归王官次年作——司空图

乱后烧残满架书，峰前犹是恋吾庐。
忘机渐喜逢人少，缺粒空怜待鹤疏。
孤屿池痕春涨满，小阑花韵午晴初。
酣歌自适逃名久，不必门多长者车。

　　表圣在乾宁朝，以户兵二部侍郎召，不赴，归隐王官。闻哀宗之变，不食而卒，卓然唐末完人。此为归山次年所作，自写天怀之淡定，非以泉石鸣高也。首二句言乱后藏书散失，幸吾庐无恙，尚可陋室自安。三句言人以独处无聊为慨，己则孤秀自馨，转览渐不逢人之可喜。四句言粗粝儒餐，分所应得，所歉怀者，并饲鹤之粮亦缺耳。后半首言处境虽约，而吾庐中小阑孤屿犹存，每看春水波痕，午晴花韵，辄悠然自赏。逃名本以自适，即长者车亦不愿临门，何论余子耶？全首固见高致，其五六句若不经意，而秀润如画，洵推佳句也。

伤昔——韦庄

昔年曾作五陵游，午夜清歌月满楼。
银烛树前长似昼，露桃花下不知秋。
西园公子名无忌，南国佳人字莫愁。
今日乱离俱是梦，夕阳唯见水东流。

此为兵乱后追忆昔时而作。首二句言曾共五陵年少，月夜听歌，乃纪当年之事。张梦晋诗所谓"高楼明月清歌夜，此是生平第几回"也。三四追忆盛时之光景，但见火树银花，城开不夜；酣醉于露桃花下，只觉春光之绚丽，不知世有秋色之萧条。五六言当年游宴之人，有西园公子之豪华，南国佳人之妖冶。其用无忌、莫愁，乃借人名作巧对。论者谓公子或指陈思，与魏无忌、长孙无忌俱不相合。其实作者不过纪裙屐士女之盛，不必拘定为何人也。前六句皆追忆陈迹，结句言事如春梦无痕，唯见流水斜阳，消沉今古，可胜叹耶？

葛景中《过金陵旧曲》诗云：金粉繁华自昔论，家家春色苎萝村。鱼鳞碧瓦花围屋，雁齿红桥柳映门。鹦鹉珠帘朝学语，海棠银烛夜消魂。而今秋冷江城月，只有青衫惹泪痕。前六句思昔，后二句伤今，其格调诗意，皆与韦作相同。葛颇能诗，如：无事且倾鹦尾酒，有情休续断肠诗。尚有故交留白社，更无残梦到红楼。锦囊句好题新画，石鼎茶香读旧书。凉思又添今夜雨，老怀重感去年秋。皆有清婉之韵，因附录之。

陪府相中堂夜宴——韦庄

满耳笙歌满眼花，满楼珠翠胜吴娃。

因知海上神仙窟，只似人间富贵家。

绣户夜攒红烛市，舞衣晴曳碧天霞。

却愁宴罢青蛾散，扬子江头月半斜。

诗纪府中夜宴之盛。前二句言满耳所闻者，笙歌嘹亮；满眼所见者，花影缤纷；益以满楼之粉围香阵，艳夺吴姬。三用"满"字，见府第之繁华，几无隙地，真如锦洞天矣。三四句若言人间富贵，不异仙家，不过寻常意境。诗用倒装句法，言海上神仙，只似人间富贵，便点化常语，为新颖之词。五句言石家蜡烛，辉映千枝，疑入五都夜市。六句言舞袖争翻，如曳碧天之霞绮。厉樊榭《游仙》诗：天母衣裳云汉锦，九光灯里舞衣飘。可为五六句之注脚也。末句言所愁者酒阑客散，斜月楼空耳，所谓"绝顶楼台人散后，满场袍笏戏阑时"。作者不为谀颂语以悦贵人，而作当头棒喝，为酬酢诗中所仅见。韦凤著才名，府相招致词客，本以张其盛会，而得此冷落之词，能无败兴耶？

贫女——秦韬玉

蓬门未识绮罗香，拟托良媒益自伤。

谁爱风流高格调，共怜时世俭梳妆。

敢将十指夸针巧，懒把双眉斗画长。

苦恨年年压金线，为他人作嫁衣裳。

此篇语语皆贫女自伤，而实为贫士不遇者，写牢愁抑塞之怀。首二句言生长蓬门，青裙椎髻，从不知罗绮之妍华；以待字之年，将托良媒以通辞，料无嘉偶，只益伤心。三四谓自抱高世之格，甘弃铅华，不知者翻怜我梳妆之俭陋也。五六谓以艺而论，则十指神针，未输薛女；以色而论，则双眉远翠，不让文君。而藐姑独处，从不向采芳女伴，夸绝艺而竞新妆。末句言季女斯饥，固自安命薄，所恨者，年年辛苦，徒为新嫁娘费金线之功。人孰无情，谁能遣此耶？孟郊诗：坐甘冰抱晚，永谢酒怀春。冰抱为难堪之境，而栖迟至晚，枯坐自甘。酒怀喻声利之场，乃春色虽多，孤踪永谢，与《贫女》诗意境相似，而以五言隽永出之，弥觉有味。老友章霜根翁最喜诵之。

过老将林亭——张蠙

> 百战功成翻爱静，侯门渐欲似仙家。
> 墙头细雨垂纤草，水面回风聚落花。
> 井放辘轳闲浸酒，笼开鹦鹉报煎茶。
> 几人图在凌烟阁，曾不交锋向塞沙。

　　此诗在唐律中非上乘，唯第四句传诵一时耳。七律中如"绿杨花扑一溪烟""芰荷翻雨泼鸳鸯""鹭鹚飞破夕阳烟"，虽佳句而有意雕琢。张诗"水面回风聚落花"七字，妙出自然。但三句之墙头纤草，五六之浸酒煎茶，皆寻常语，结句亦无深意。乃王衍与徐后见其诗而激赏之，欲授以官，唐代之重诗如是！文人每藉诗卷进身也。

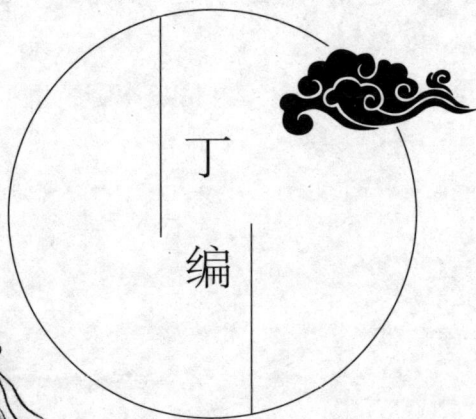

丁编

七言摘句

汉家城阙疑天上，秦地山川似镜中。（沈佺期）

此乃兴庆池侍宴应制之作。上句状城阙之高，下句言登临所见。山川形势，如列镜中。同时侍宴者，有苏颋诗云：直视天河垂象外，俯窥京室画图中。用意与沈诗同，皆气象宏阔。宫室画图句，尤能总写俯窥之胜也。

片石孤云窥色相，清池皓月照禅心。（李颀）

此题璿公山池诗。上句言色相之静如片石，无变相也；下句言色相之动若孤云，无滞相也，即诸相具足之旨。下句以清池喻禅心之澄澈，以皓月喻禅心之空明。清池与皓月相映，则上下皆一片灵光。即就寺中之水石，以佛理证之，非泛作禅语也。

鱼吹细浪摇歌扇，燕蹴飞花落舞筵。（杜甫）

此城西陂泛舟之作，即渼陂也。上句言画舸移春，纤波不动，正清歌按拍之时，游鱼吹浪，映扇影而微摇。下句言花因燕蹴而飞，适堕舞筵之前。花影衣香，荡成春色。以少陵之雄才，此二句写舟中歌舞，独工雅无伦。且清歌傍水，妙舞当花，乃宴集恒有之事，以鱼吹燕蹴写之，遂见生动。此琢句之法也。

麒麟不动炉烟上，孔雀徐开扇影还。（杜甫）

上句言炉烟初上，乃帝驾将至之时。下句扇影徐还，乃退朝之时。《秋兴》诗中"云移雉尾开宫扇，日绕龙鳞识圣颜"，乃临朝之时。炉香扇影，想见当日朝仪。唐人早朝诗多言风景，此乃九重临御，仰瞻云日，故以庄丽之笔写之。少陵已身在江湖，眷怀君国，有魏阙之思也。

思家步月清宵立，忆弟看云白日眠。（杜甫）

此少陵乱后思乡之作。清宵本宜偃息，因思家步月，而久立移时。白日非宜倚枕，因忆弟看云，乃无聊就寝。乡心缭乱，不觉昏昼之失序矣。且仅言步月看云，而思家忆弟之深情，自在言外也。

渔人网集澄潭下，估客船随返照来。（杜甫）

此少陵赠江头野老诗也。渔人以江流涌荡，网罟难施，得江畔潭水静处，乃众网争下。其首句云：野老篱边江岸回，柴门不正逐江开。可见渔人所集，在野老门前，江岸回曲处也。下句言估船向晚，觅江湾寄泊。夕照亭亭而下，估帆亦缓缓而来，皆野老柴门所见，用"集"字"随"字，切合其景也。

花萼夹城通御气，芙蓉小苑入边愁。（杜甫）

此纪天宝年事。上句言明皇自花萼楼至夹城，为龙武军所驻之地，故言御气常通。所谓"白日雷霆夹城仗"也。下句以渔阳兵起，遂罢芙蓉园之游幸，故言侵入边愁。此二句乃追忆当日盛衰之事也。

返照入江翻石壁，归云拥树失山村。（杜甫）

此为少陵得意之笔，故取句中"返照"二字为诗题。其首句言楚王宫北，白帝城西，知此诗作于夔府峡畔。峡中两岸峭壁，多作赤色，倒影入江，夕阳照之，势如翻动。峡中无平地，三五村落，高踞山腰，云起则山村顿失。此二句之景，唯峡江见之。

　　春水船如天上坐，老年花似雾中看。（杜甫）

　　此小寒食舟中所作。上句谓蜀江迅急，舟行值春水涨时，有千里江陵之势，若乘云而在天上。下句言年老目昏，看花不辨，固自伤其老态，亦感变乱之靡常，如雾里看花，莫明其真象。因后半首有"娟娟戏蝶过闲幔，片片轻鸥下急湍"句，言己之不如鸥蝶，得来往自如，故知雾中看花，亦有言外意也。

　　吴宫花草埋幽径，晋代衣冠成古邱。（李白）

　　此为登金陵凤凰台而作。慨吴宫之秀压江山，而消沉花草；晋代之史传人物，而寂寞衣冠。在十四字中，举千年之江左兴亡，付凭阑一叹，与"汉家箫鼓空流水，魏国山河半夕阳"句调极相似，但怀古之地不同耳。余曾在秦中，见关公庙铁杆上联语云：吴宫花草埋幽径，魏国山河半夕阳。集句殊工，且以之题关庙，见吴魏已亡，而庙食依然千古，胜于《过钓台》诗之"光武无片土"句，转觉说尽也。

　　上方月晓闻僧语，下界林疏见客行。（卢纶）

　　此夜宿丰德寺而作。上句言山头孤寺，万籁沉沉，晓风残月之时，唯闻僧语。下句言俯视下方，偶于林隙见早行之客。此言山巅寺院之高也。苏颋诗：宫中下见南山尽，城上平临北斗悬。乃言长安城阙之高。元稹诗：星河似向檐前落，鼓角惊从地底回。乃言越中州宅之高。同一登临之作，所在之地不同，各写其见闻也。

　　幽溪鹿过苔还静，深树云来鸟不知。（钱起）

　　诗写山中幽绝之致，句殊隽永。以之喻禅理，则幽溪苍苔，喻人心之本静，因鹿行而静中有动，鹿过而苔仍静，还其本心也。下句言鸟栖深树，悠然若无知，虽树里白云来去，而鸟仍不知。喻世事万变，而此心不动，言心之定也。有定而后能静，禅理而亦儒理。若郎士元之"月在上方诸品静，心持半偈万缘空"，语意显露，不若钱诗之写景既工，且有余味可寻也。

长乐钟声花外尽，龙池柳色雨中深。（钱起）

诗为赠阙下裴舍人而作。上句谓长乐宫中之钟声，传递至花外而尽。言宫禁深严，钟声非外人所得闻，唯舍人在阙下闻之。下句言柳以在龙池之畔，故得雨露为多。喻裴为近臣，故承恩独厚。因后半首有"阳和不散穷途恨"及"献赋十年犹未遇"句，故知长乐龙池句，羡舍人之身依禁近，而伤己之以白发相对华簪，非泛言宫中花柳之景也。

蝉声驿路秋山里，草色河桥落照中。（韩翃）

草色蝉声，乃寻常之语，以秋山落照写之，便为佳句，且有旅行光景。与早朝诗之"鹊飞山月曙，蝉噪野风秋"，诵之便觉有晓行光景，耐人吟讽。

秋山入帘翠滴滴，野艇倚槛云依依。（张志和）

烟波钓徒作此诗赠渔父，潇洒出尘，颇似宋贤集中佳句。渔父居此胜地，东坡所谓不知人间何处有此境，径欲往买二顷田也。诗中"秋"字"入"字"翠"字等，其平仄不用谐声，弥觉清峭。律诗用拗韵，与诗之神致有关。此类是也。

鸦翻枫叶夕阳动，鹭立芦花秋水明。（陶岘）

岘为渊明后人，自制一舟，号水仙。此诗咏夕阳枫叶，秋水芦花，本江湖之妙景；更以寒鸦翻动，白鹭孤明，以写其生趣，绝好之秋江图画。夕阳因鸦翻而飑动，秋水映鹭羽而愈明。用"动"字"明"字殊佳。

鹓鸿得路争先翥，松柏凌寒独后凋。（武元衡）

此赠张谏议诗也。鹓鸿不殊凡鸟，因风云得路，而翔翥争先。松柏不殊凡卉，因冰雪凌寒，而凋零独后。盼张谏议之功名奋起，与节操贞坚，规颂兼至也。推阐其议，则得路争先者，乃日中则昃，操刀必割，务争天下之先，黄帝之学也。凌寒后凋者，知白守黑，流阳处阴，默居天下之后，老子之学也。武诗无此意，偶有触悟，附记之以质后之览者。

将军旧压三司贵，相国新兼五等崇。（韩愈）

裴晋公破贼回，重拜台司，以诗示宾客。昌黎和之，虽仅言其官爵尊崇，而隐然负天下之重。李郢上晋公诗云：天上玉书传诏夜，阵前金甲受降时。词采工丽，格调恢雄。耿沣诗云：枥上骅骝嘶鼓角，阵前老将识风云。言其久历戎行，句殊新颖。晋公勋望冠时，赠诗颇不易作。此三诗皆台阁体中能手也。

银烛未消窗送曙，金钗半醉座添春。（韩愈）

昌黎于酒中上李相公诗也。银蜡摇辉，传杯达晓，红裙劝醉，合座生春。以公之风裁岳岳，而此诗独妩媚，与广平梅花，欧阳江柳，忠简梨涡，皆名卿之韵事。唐代之习尚如是，少陵亦曾预金钱御宴，沉醉于佳人锦瑟旁也。

山腹雨晴添象迹，潭心日暖长蛟涎。（柳宗元）

柳州谪官以后之诗，多纪岭南殊俗。此联与"射工巧伺游人影，飓母偏惊旅客船"句，纪其风物之异也。《寄友》诗云：林邑东回山似戟，样牁南下水如汤。纪山川之异也。《峒岷》诗云：青箬裹盐归峒客，绿荷包饭趁墟人。鹅毛御腊缝山罽，鸡骨占年拜水神。纪俗尚之异也。就见闻所及，语意既新，复工对仗，非亲历者不能道之。

梁氏夫妻为寄客，陆家兄弟是州民。（刘禹锡）

梦得赴苏州，适白乐天领郡，乃赠此诗。以梁陆皆吴人，借以自况。既切其地，兼切己事，与张籍寄乐天诗"登第早年同座主，莅官今日是州民"用意相似。刘诗尤擅胜场，因引用昔人事入诗，以适合为贵也。

林间暖酒烧红叶，石上题诗扫绿苔。（白居易）

此白傅寄题仙游寺之诗。暖酒题诗，韵事也。暖酒而在林翠之中，题诗而在岩石之上，逸趣也。更以红叶绿苔装点之，雅事与丽句兼矣。虽落叶作薪，未足以暖酒，苔石乍扫，未宜于题诗，但词人托兴，不可质实求之。宋代王晋卿，曾以此句作画，绢素未损，古雅绝伦，为老友式之所藏，余曾见之。可见此诗流传之价值矣。

绕郭烟岚新雨后，满山楼阁上灯初。（元稹）

此以州宅重夸于乐天也。上句谓山当雨后，则湿云半收，苍翠欲滴，胜于晴霁时之山容显露，所谓"雨后山光满郭青"也。下句谓群山入夜，则楼阁隐入微茫，迨灯火齐张，在林霭中见明星点点。乐天诗云：楼阁参差倚夕阳。乃言向晚之景。此言夜景，各极其妙。凡远观灯火，最得幽静之致。"两三星火是瓜州"，与此诗之满山灯火，虽多少不同，皆绝妙夜景，为画境所不到。此二句之写景，胜于前诗夸州宅之"四面常时对屏嶂，一家终日在楼台"句也。

尘世难逢开口笑，菊花须插满头归。（杜牧）

此牧之九日齐山登高而作。上句谓光阴者百岁之过客，三万六千日中，能得几回欢笑。下句插菊满头，不必实有其事，因难得今日尽欢，极写其清狂之态耳。若厉樊榭游仙诗之"新赐天花插满头"与"星辰系满头"句，则奇幻之想也。

云随夏后双龙尾，风逐周王八骏蹄。（李商隐）

凡用古事入诗，两事务须匀称，勿以近代事搀之。此诗夏后、周王，双龙、八骏，皆上古事，且句极工丽。运用古事者，最宜取法。诗为咏九成宫而作，宫在山水胜地，玉溪不言其风物，而意在怀古，殆有故君之思也。

永忆江湖归白发，欲回天地入扁舟。（李商隐）

玉溪近体诗，顿挫沉着，少陵后为一大宗。诗谓归隐江湖，乃其夙志。而白发淹留者，将欲整顿乾坤，遂其济时之愿，即扁舟入海，随渔父之烟雾而去耳。以沉雄之笔，写宏远之怀，陈子昂所谓"囊括经世道，遗身在白云"也。

更无人处帘垂地，欲拂尘时簟竟床。（李商隐）

此玉溪感逝诗也。仅言帘影簟纹，而伤感之情，溢于言外。王武子见孙楚悼亡之作，所谓"情生于文，文生于情"也。诗人之悼亡者，以元微之七律三首，梅宛陵五律三首，最为真挚。论诗之风韵，玉溪之句，尤耐微吟。潘安仁诗"望庐思其人"，即玉溪上句之意。潘诗"入室想所历",即玉溪下句之意。诗格异而意同也。

一院落花无客醉,五更残月有莺啼。(温庭筠)

此经李征君故宅而作。当日莺花庭院,列长筵招客,醉月飞觞,何等兴采。乃旧地重过,但有一院飞花,五更残月。故其第七句有"风景宛然人事改"之叹。陈迦陵诗:五更残月啼莺换,一片荒城赵水流。亦咏莺啼残月,乃客途怀古之思也。

夜闻猛雨拌花尽,寒恋重衾觉梦多。(温庭筠)

此类之句,贵心细而意新,必确合情事,乃为佳句。且一句中自相呼应,唯雨猛故花尽,恋衾故梦多。如"重帘不卷留香久""古砚微凹受墨多""石挨苦竹旁抽笋""雨打戎葵卧放花"……诗中此类极多,固在描绘细确,尤在用虚字之精炼也。

楸梧远近千官冢,禾黍高低六代宫。(许浑)

此金陵怀古诗也。江东王气,至陈后主而终。兵合景阳,英雄事去,故诗以玉树歌残,为发端之词。此二句谓楸梧飒飒,尽消沉将相王侯;禾黍油油,更谁问齐梁晋宋。涵举一切,不专指一代一事。此后过金陵者,追忆孙吴六代,屡见篇章。至明社既屋,若顾亭林之谒太祖陵,吴梅村之过上方桥,感念故君,悲歌慷慨。嗣后过江名士,题咏甚多。如"钟声自吼南朝事,佛塔还燃半夜灯";"萧寺鼓鼙惊翡翠,蒋山风雪葬芙蓉";"春风泪洒桃花扇,夜月歌残燕子笺";"芳草久荒邀笛步,夕阳还上胜棋楼"等句,皆指一事而言。许诗则浑写大意也。

溪云初起日沉阁，山雨欲来风满楼。（许浑）

诗为登咸阳城东楼而作。上句因云起而日沉，为诗心所易到。下句善状骤雨欲来，风先雨至之景，可谓绝妙好词。此景非必咸阳始有，许在东楼，偶遇之而入咏耳。

江云带日秋偏热，海雨随风夏亦寒。（许浑）

前录柳子厚诗，乃纪粤西之山川风俗。此在广州城西朝台所作，乃纪粤东之时令。上句谓当秋宜凉，而乍晴便热。下句谓入夏应热，而一雨便凉。见寒燠之无常。此二句极肖粤东天气。许有《题朝台韦氏郊园》诗云：云连海气琴书润，风带潮声枕簟凉。亦善写海南情状。郊园诗第三句"柴门临水稻花香"，为时人传诵。但此景在江乡皆有之，不独粤东耳。

初戴玉冠多误拜，欲辞金殿别称名。（项斯）

此送宫人入道诗也。上句谓初易道装，未辨诸天佛像，致顶礼多讹。下句谓已辞殿阙，往日之苕华芳字，不称空门，应别署绿萼飞琼之号。此题在唐人诗中，项作称为佳构。近人汪琬诗云：颜因炼液疑重艳，身为持斋转觉轻。可云妙语双关。又有句云：此生无复昭阳梦，犹为君王夜祝厘。蔼然忠爱之音，胜于项诗矣。

压树早鸦飞不散，到窗寒鼓湿无声。（薛逢）

此长安夜雨诗也。咏雨者，首推少陵之"随风潜入夜，润物细无声"一联。此诗谓栖树之鸦，因沾翅而欲飞不起；隔窗之鼓，因湿弛而低咽无声。杜诗专就雨言，薛诗就雨之著物而言，皆极诗心之妙也。

残星几点雁横塞，长笛一声人倚楼。（赵嘏）

诗写长安秋望所见闻。上句言晓星明灭之时，见雁行自塞北而来，写秋空之清旷也。下句赋闻笛。设言吹笛者，为风鬟雾鬓之人，或言闻笛者，为愁病怀乡之客，皆著迹象。赵以七字浑然写之，而含思无限，杜紫薇所以称赏不置，称为"赵倚楼"也。

得剑乍如添健仆，忘书久似忆良朋。（司空图）

此类诗句，难于言情写景之诗。因须取譬工切，且有意味也。近人有"欲霁山如新染画，重游路比旧温书"，与此诗相似。若林逋之"春水净于僧眼碧，远山浓似佛头青"及"巫峡晓云笼短髻，楚江秋水曳长裙"，则借风景取譬，较易着想也。

野庙向江春寂寂，古碑无字草芊芊。（李群玉）

诗咏黄陵庙而作。庙本上古幽邈之事，李以楚江之过客，发思古之幽情，纯以空灵之笔写之，与王渔洋过露筋祠诗"行人系缆月初坠，门外野风开白莲"相似。所谓不著一字，尽得风流。若近人之"空山黄叶无人径，破庙山神对古松"，则仅写古庙荒凉之状，无悠然怀古之思也。

有时三点两点雨，到处十枝五枝花。（李山甫）

此二句以轻活之笔，写眼前之景，全以不着力处见工。宋人集中，每有此派。在骈文中，"一寸二寸之鱼，三竿两竿之竹"，其意境相似。此诗因寒食而作。上句以清明（按：应为寒食）为多雨之际，故时有数点沾衣。下句言其时春花已放，而未繁盛，故时见数枝逗色。皆切寒食时令而发。其次联云：九原珠翠似烟霞。语不可解。或因寒食上冢，谓九原之下，视人间珠翠，等烟霞之过眼。然语意亦不明了。凡作律诗者，须通体匀称，若此诗之瑜瑕互见，非上选也。

仰瞻青壁开天罅，斗转寒湾避石棱。（方干）

诗在缙云县溪流中所作，极似三峡风景：两岸岩壁，削立而紧束，中开一隙天光，唯亭午始见日影。水中巨石，以多年激荡，或伏水中，或刺水面，皆锐如剑戟，行舟须迂回避之。遇弯折处，尤有虞心。此诗能曲绘险滩之状也。

官满便寻垂钓侣，家贫已用卖琴钱。（来鹏）

此送友罢任还乡诗也。上句谓甫挂朝冠，便寻渔艇，其襟期之淡逸可知。下句谓家徒壁立，已藉卖琴，其居官之廉洁可知。晚唐作者，非无清新和雅之音，而少浑厚沉雄之气。殆时会递嬗所关也。

鹤盘远势投孤屿，蝉曳残声过别枝。（方干）

此诗体物浏亮，造句亦工。上句谓鹤之飞翔，异于凡鸟。其在天空，必作势盘旋，翔而后集。下句谓凡虫鸟之飞鸣，各为一事，唯蝉则枝柯已易，犹带余音。以之取譬，则以鹤喻仕途择主，须审慎而委身，勿栖枳棘；以蝉喻飘零怨妇，感将衰之颜色，重抱琵琶。作者有此弦外之音乎？

饮涧鹿喧双派水，上楼僧踏一梯云。（郑谷）

山中僧寺在云气中，固恒有之事。梯在室内，不易为云所到。但云深满寺，则梯在云中，亦事所或有。作诗不能拘执言之。此七字可称佳句，惜上句不称。或郑所见者，为交流之水，适有群鹿饮其侧也。

数枝艳拂文君酒，半里红欹宋玉墙。（罗隐）

此昭谏咏杏花诗也。杏花之低拂酒卮，或高倚墙头，语本无奇。作者因酒而引用文君，因墙而引用宋玉，美人词客，与花枝相辉映，遂好句欲仙矣。昭谏有咏牡丹诗云：公子醉归灯下见，美人朝插镜中看。言公子美人，不及宋玉文君，有妍情逸兴。唐人牡丹诗殊少佳什，罗诗虽咏花者皆可用，而此二句有富贵气，尚与牡丹相称也。

秋凉雾露侵灯下，夜尽鱼龙逼岸行。（罗隐）

此夜泊淮口所作。上句谓江乡卑湿之地，每多雾露。凉秋倚棹，觉窗前雾气，漾灯晕而迷。用一"侵"字，见雾露之深也。下句谓游鱼避舟楫往来，当昼潜伏，至夜静乃游泳岸边。用一"逼"字，见鱼龙之近也。余昔在湘江，屡逢晓雾，蓬蓬若蒸釜，夙有蒸湘之名。又尝泊舟越中绕门山深潭之侧，每至夜半，鱼腥上腾。知昭谏写水窗之景，新而确也。

谋身拙为安蛇足，报国危曾捋虎须。（韩偓）

此诗与白乐天之"曾犯龙鳞容不死，欲骑鹤背觅长生"句，用意及对句之工，均极相似。皆以汲黯之敢言，学留侯之遁世。合则留，不合则去，得用行舍藏之义也。明季有赠遗老诗云：立朝抗疏批鳞手，易世衣冠削发僧。则以遗直而兼故国之悲矣。

续编一

五言绝句

寒夜思（三首）——王勃

其一

久别侵怀抱，他乡变容色。

月夜调鸣琴，相思此何极。

其二

云间征思断，月下归愁切。

鸿雁西南飞，如何故人别。

其三

朝朝碧山下，夜夜清江曲。

复此遥相思，清尊湛芳渌。

  三首同一思友思乡之意，而分咏为三者，其第一首独坐有思，抚琴而思同调也；第二首望远有思，闻雁而思故侣也；第三首总结上意，言花朝月夜，山碧江清，无时无地不思也。一唱三叹，极写其寒夜之怀。结句借酒消愁，兼有樽酒重逢之望。作者去晋魏未远，故短章有淳朴之气，自是初唐风格。

别人——王勃

霜华净天末，雾色笼江际。
客子常畏人，胡为久留滞。

客子畏人句，一语镇纸，却曲迷阳，忧心悄悄，能曲状孤客自危之意。作者固阅世之谈，亦对于所别之人，有为而发，故劝其早归也。

曲江花——卢照邻

浮香绕曲岸，圆影覆华池。
常恐秋风早，飘零君不知。

借落花以书感，诗人所恒有。此独咏曲江花者，以曲江地邻禁苑，为冠盖荟萃之地，当有朝贵，恋青紫功名，不知早退者，此诗特讽喻之。勿待素秋肃杀，而始叹飘零，明哲保身之义，非泛咏落花也。

易水——骆宾王

此地别燕丹，壮士发冲冠。
昔时人已没，今日水犹寒。

易水送荆卿歌：风萧萧兮易水寒，壮士一去兮不复还。寥寥十五字，而千载下如闻悲壮之声。咏易水者，当不能外此意。此诗一气挥洒，而重在"水犹寒"三字。一见人虽没，而英风壮采，懔烈如生，一见易水寒声，至今日犹闻呜咽。怀古苍凉，劲气直达，高格也。

洛堤晓行——上官仪

脉脉广川流，驱马历长洲。
鹊飞山月曙，蝉噪野风秋。

此早朝途中所作。鹊飞蝉噪二句，写洛堤晓行，风景如画。诗句复清远而有神韵。昔张文潜举昌黎、柳州五言佳句，以韩之"清雨卷归旗"一联，柳之"门掩候虫秋"一联为压卷。上官之作，可方美韩柳矣。

南行别弟——韦承庆

万里人南去，三春雁北飞。
未知何岁月，得与尔同归。

孤客远行，难乎为别，所别者况为同气。此作不事研炼，清空如话，弥见天真。唐十龄女子诗：所嗟人与雁，不作一行飞。

皆蔼然至性之言也。

送杜审言——宋之问

卧病人事绝，嗟君万里行。

河桥不相送，江树远含情。

病中不能送客，无以表意，而托诸江树，正见其情之无极。王阮亭又选其《途中寒食》云：马上逢寒食，途中属暮春。可怜江浦望，不见洛桥人。语意质实，不若此诗之意婉。宋在昆季中，最擅诗歌，明月夜珠之句，传唱宫廷。初唐之能手也。

子夜春歌——郭元振

青楼含日光，绿池起风色。

赠子同心花，殷勤此何极。

子夜歌亦乐府之遗，幽情古艳，即物兴怀，在五言诗中，别有神味。此歌以"同心花"三字为主，两情兼写。第四句重言以申之，表长毋相忘之意。歌凡二首，其次首云：妾心正断绝，君怀那得知。乃怨歌之亚也。

汾上惊秋——苏颋

> 北风吹白云，万里渡河汾。
>
> 心绪逢摇落，秋声不可闻。

一年容易，又听秋风，便有一种萧寥之感，生宋玉之悲，作欧阳之赋，良有以也。刘禹锡《秋风引》云：秋风入庭树，孤客最先闻。盖客里秋声，尤易怅触。故此诗言心绪摇落，秋声更不可闻也。起二句笔殊挺健。

自君之出矣——张九龄

> 自君之出矣，不复理残机。
>
> 思君如满月，夜夜减清辉。

曲江乃唐时贤相，玄宗若用其言，安有渔阳之变。此诗殆为李林甫所谗罢相后而作，借闺怨以寓忠爱之思。已过三五良宵，此后清辉夜夜，有缺无盈。见明良遇合，更无余望，较"衣带日以缓，思君令人老"等句，语婉而意尤悲。迨玄宗遣官祠祭，已悔莫追矣。

江上梅——王适

> 忽见寒梅树，花开汉水滨。

不知春色早，疑是弄珠人。

咏梅之事多矣，而独言弄珠人者，以地当汉水，遂忆及弄珠解佩之仙。犹之见罗浮梅而怀萼绿，见孤山梅而忆逋翁，本地风光，随手拾取也。

王昭君——东方虬

掩涕辞丹凤，衔悲向白龙。
单于浪惊喜，无复旧时容。

起笔以流水句法作对语，白龙丹凤，属对殊工。后二句言风沙绝域，已失旧容，而单于见之，犹为惊喜，则昭君之绝艳可知矣。

南楼望——卢僎

去国三巴远，登楼万里春。
伤心江上客，不是故乡人。

人当客途况瘁，已切乡思。及登楼四望，云山新异，更惊身在他乡。故作者为之咏叹，犹之太白登高楼而吟暝色春愁，少陵坐江楼而赋枫林秋兴，所谓"断肠烟柳，莫倚危阑"也。

鸟鸣涧——王维

　　人闲桂花落，夜静春山空。
　　月出惊山鸟，时鸣春涧中。

　　山空月明，宿鸟误为曙光，时有鸣声，出烟树间，山居静夜，偶一闻之。右丞能在静中领会，昔人谓"鸟鸣山更幽"句，静中之动，弥见其静。此诗亦然。

萍池——王维

　　春池深且广，会待轻舟回。
　　靡靡绿萍合，垂杨扫复开。

　　池水不波，轻舟未动，水面绿萍，平铺密合，偶为风中杨柳，低拂而开，开而复合，深得临水静观之趣。此恒有之景，唯右丞能道出之。

鸬鹚堰——王维

　　乍向红莲没，复出青蒲飏。
　　独立何缡褷，衔鱼古楂上。

甫入芙蕖影里，旋出蒲藻丛中，善写其凫没鸢举之态。后二句言，既入水得鱼，乃在楂头小立。鸬鹚之飞翔食息，于四句中尽之，善于体物矣。以上三首，皆《云溪杂题》。

孟城坳——王维

新家孟城口，古木余衰柳。

来者复为谁，空悲昔人有。

孟城新宅，仅余古柳。昔年居此者，重重陈迹，荡焉无存。今虽暂为己有，而人事变迁，片壤终归来者，后之视今，犹今之视昔。彼王侯第宅，尚新主屡更，况儒生蓬荜耶？摩诘诚能作达矣。

鹿柴——王维

空山不见人，但闻人语响。

返景入深林，复照青苔上。

前二句已写出山居之幽景。后二句言，深林中苔翠阴阴，日光所不及，唯夕阳自林间斜射而入，照此苔痕，深碧浅红，相映成彩。此景无人道及，唯妙心得之，诗笔复能写出。

南垞——王维

轻舟南垞去，北垞渺难即。

隔浦望人家，遥遥不相识。

　　户具画船，家藏烟浦，江南风景，往往有之。此诗纯咏水乡，舟行南坨，见北坨之三五人家，掩映于波光林霭间。一水盈盈，可望而不可即。写水窗闲眺情景，如身在轻桡容与中也。

栾家濑——王维

　　　　飒飒秋雨中，浅浅石溜泻。
　　　　跳波自相溅，白鹭惊复下。

　　秋雨与石溜相杂而下，惊起濑边栖鹭，回翔少顷，旋复下集。唯临水静观者，能写出水禽之性也。

辛夷坞——王维

　　　　木末芙蓉花，山中发红萼。
　　　　涧户寂无人，纷纷开且落。

　　兰生空谷，不以无人而不芳。东坡《罗汉赞》云：空山无人，水流花开。世称妙悟。亦即此诗之意境。后二句之意，更有花开固孤秀自馨，花落亦无人悼惜，山林枯菀，悉付诸冥漠之乡，泂超于象外矣。

竹里馆——王维

独坐幽篁里，弹琴复长啸。

深林人不知，明月来相照。

《辋川集》中，如《孟城坳》《荷池》《栾家濑》诸作，皆闲静而有深湛之思。此诗言月下鸣琴，风篁成韵，虽亦一片静境，而以浑成出之。坊本《唐诗三百首》特录此首者，殆以其质直易晓，便于初学也。

山中送别——王维

山中相送罢，日暮掩柴扉。

春草明年绿，王孙归不归？

以山人送别，则所送者，当是驰骛功名之士，而非栖迟泉石之人。结句言"归不归"者，明知其迷阳忘返，故作疑问之辞也。庄子云：送君者自崖而返，而君自远矣。此语殊有余味。

左掖梨花——王维

闲洒阶前草，轻随箔外风。

黄莺弄不足，衔入未央宫。

鸟衔花片，虽诗人偶咏及之，其实为事理所稀有。右丞殆借以为喻，以梨花喻京朝官：倘推毂无缘，则亦飘飏于阶前帘外耳；一旦汲引有人，忽蒙前席之召，犹花被莺衔入未央宫里。当是见同官中遇意外之荣，故借题寓意耳。否则虚构此景，果何谓耶？

相思子——王维

> 红豆生南国，春来发几枝。
>
> 愿君多采撷，此物最相思。

折芳馨以遗所思，采芍药以赠将离，自昔诗人骚客，每藉灵根佳卉，以寄芳悱宛转之怀。况红豆号相思子，故愿君采撷，以增其别后感情，犹郭元振诗以同心花见殷勤之意。近人有以"把酒祝东风，种出双红豆"图，所谓愿天下有情人都成眷属也。

杂诗——王维

> 君自故乡来，应知故乡事。
>
> 来日绮窗前，寒梅着花未？

故乡久别，钓游之地，朋酒之欢，处处皆萦怀抱。而独忆窗外梅花，论襟期固雅逸绝尘，论诗句复清空一气，所谓妙手偶得也。

宫槐陌——裴迪

> 门前宫槐陌，是向敧湖道。
> 秋来风雨多，落叶无人扫。

裴迪与右丞唱和，如《鹿柴》《茱萸沜》诸诗，皆质朴而少余味。其才力未能跨越右丞也。此作虽仅言秋来落叶，而写萧寥景色，有遁世无闷之意，与右丞"涧户寂无人，纷纷开且落"诗意相似。其咏白石滩云：日落川上寒，浮云淡无色。皆五言高格也。

送崔九——裴迪

> 归山深浅去，须尽丘壑美。
> 莫学武陵人，暂游桃源里。

临别赠言，令人增朋友之重。戒人游冶者，则云莫向临邛去；勉人节操者，则云慎勿厌清贫。此诗送人归隐，则云莫学武陵人，良以言行相顾，事贵实践。若高谈肥遁，恐在山泉水，瞬为出岫行云矣。应知巢由高躅，非一蹴可几也。

玉阶怨——李白

> 玉阶生白露，夜久侵罗袜。
> 却下水精帘，玲珑望秋月。

题为"玉阶怨"，其写怨意，不在表面，而在空际。第二句云露侵罗袜，则空庭之久立可知。第三句云却下精帘，则羊车之绝望可知。第四句云隔帘望月，则虚帷之孤影可知。不言怨而怨自深矣。

静夜思——李白

> 床前明月光，疑是地上霜。
> 举头望明月，低头思故乡。

前二句取喻殊新，后二句在举头低头俄顷之间，顿生乡思，良以故乡之念，久蕴怀中，偶见床前明月，一触即发，正见其乡心之切。且举头低头，联属用之，更见俯仰有致。

敬亭独坐——李白

> 众鸟高飞尽，孤云独去闲。
> 相看两不厌，只有敬亭山。

前二句以云鸟为喻，言众人皆高取功名，而己独翛然自远。后二句以山为喻，言世既与我相遗，唯敬亭山色，我不厌看，山亦爱我。夫青山漠漠无情，焉知憎爱，而言不厌我者，乃太白愤世之深，愿遗世独立，索知音于无情之物也。

八阵图——杜甫

功盖三分国，名成八阵图。

江流石不转，遗恨失吞吴。

武侯之志，在严汉贼之辨，酬先主之知，征吴非所急也。乃北伐未成，而先主猇亭挫败，强邻未灭，剩有阵图遗石，动悲壮之江声。故少陵低回江浦，感遗恨于吞吴，千载下如闻叹息声也。

送朱大——孟浩然

游人五陵去，宝剑值千金。

分手脱相赠，平生一片心。

襄阳诗皆冲和淡逸之音，此诗独有抑塞磊落之气。论其生平，为张曲江、韩荆州所汲引，当具用世之才，非甘于鹿门终老者，于此诗略露圭角。朱大未详其人，殆朱家郭解之流。贾岛诗"十年磨一剑""谁有不平事"。东坡尝题渊明诗后云：靖节虽脱节躬耕，其意固未能平也。襄阳之平生一片心，其亦有未平乎？

望终南残雪——祖咏

终南阴岭秀，积雪浮云端。

林表明霁色，城中增暮寒。

咏高山积雪，若从正面着笔，不过言山之高、雪之色及空翠与皓素相映发耳。此诗从侧面着想，言遥望雪后南山，如开霁色，而长安万户，便觉生寒。则终南之高寒可想。用流水对句，弥见诗心灵活。且以霁色为喻，确是积雪，而非飞雪，取譬殊工。

铜雀台——崔国辅

朝日照红妆，拟上铜雀台。

画眉犹未了，魏帝使人催。

朝阳甫上，便整红妆，初非晏起，而魏帝已使人催，则魏主之色荒，及宫妃之得宠，皆于后二句见之。魏宫琐事，作者何由知之？当是借喻唐宫也。

采莲曲——崔国辅

玉溆花红发，金塘水碧流。

相逢畏相失，并着采莲舟。

前二句极妍炼,后二句莲浦相逢,乍惊美艳,仙侣并舟,低回不去,有目逆而送之意。折芳馨以相赠,许微波以通辞。作者含意未申,语殊蕴藉。

怨词——崔国辅

> 妾有罗衣裳,秦王在时作。
> 为舞春风多,秋来不堪着。

披罗衣之璀璨,当日秦王座上,曾屡舞春风。乃老去芳华,捐同秋扇,犹之蓝田废将,抚锋镝之余生,望觚棱而陨涕,同是伤心之故也。

少年行——崔国辅

> 遗却珊瑚鞭,白马骄不行。
> 章台折杨柳,春日路旁情。

偶过章台,因遗鞭驻马,而折柳道旁。借折柳以喻访艳,写少年荡子,随处流连之状。崔善赋小诗,虽非高格,而皆有手挥目送之致。

长干曲（三首）——崔颢

其一

君家住何处？妾住在横塘。

停舟暂相问，或恐是同乡。

其二

家临九江水，来去九江侧。

同是长干人，生小不相识。

其三

下渚多风浪，莲舟渐觉稀。

那能不相待，独自逆潮归？

第一首既问君家，更言妾处，何情文周至乃尔？是否同乡，干卿底事，乃停舟相问。情网遂凭虚而下矣。第二首承上首同乡之意，言生小同住长干，惜竹马青梅，相逢恨晚。第三首写临别余情，日暮风多，深恐其迎潮独返。相送殷勤，柔情绮思，有竹枝水调遗意，视崔国辅《采莲曲》但言并着莲舟，更饶情致。

题僧房——王昌龄

棕榈花满院，苔藓入闲房。

彼此名言绝，空中闻异香。

次句苔藓入房，写禅室之人稀地寂，已迥殊尘境。三四句有
"落花无言，人淡如菊"之意。凡良友存临，相喻以意，不在言
词形迹之间，况与高僧晤对，默契于无言之表，但闻空际妙香，
如雨天花于丈室。唐人山寺诗多言静境，此诗尤得静中之趣。

朝来曲——王昌龄

> 日昃鸣珂动，花连绣户春。
> 盘龙玉台镜，唯待画眉人。

唐人咏闺阁者，多言愁怨。此诗独写笄珈贵妇，伉俪情多。
东方千骑，夫婿上头，驰骢马于天街，鸣玉已看官贵。拂盘龙之
宝镜，画眉留待郎归，极写闺人美满之情。与"辜负香衾事早朝"
句，同是金龟贵婿，而各有诗意。语云：欢娱之言难工，愁苦之
音易好。作者可谓善状欢娱矣。

咏史——高适

> 尚有绨袍赠，应怜范叔寒。
> 不知天下士，犹作布衣看。

冠盖京华，斯人憔悴，一寒至此者，岂独范叔！天下士之布
衣沦落者多矣。达夫生平，功名自许，以忤权贵，出宰彭州。此
诗其有抑郁之怀耶?

九日思长安故园——岑参

强欲登高去，无人送酒来。
遥怜故园菊，应傍战场开。

黄花三径，又发秋光，故少陵有丛菊故园之咏。复花发战场，感时溅泪，况未休兵，谁能堪此。嘉州尚有《见渭水思秦州》诗云：渭水东流去，何时到雍州。凭添两行泪，寄向故园流。亦思家之作。心随水去，已极写乡思，而此作加倍写法，感叹尤深。

登鹳雀楼——王之涣

白日依山尽，黄河入海流。
欲穷千里目，更上一层楼。

凡登高能赋者，贵有包举一切之概。前二句写山河胜概，雄伟阔远，兼而有之，已如题之量。后二句复余劲穿札。二十字中，有尺幅千里之势。同时畅当亦有《登鹳雀楼》五言诗云：迥临飞鸟上，高上世尘间。天势围平野，河流入断山。二诗工力悉敌。但王诗赋实景在前二句，虚写在后二句。畅诗先虚写而后实赋。诗格异而诗意则同。以赋景论，畅之平野断山二句，较王诗为工细。论虚写，则同咏楼之高迥，而王诗更上一层，尤有余味。

江南曲——储光羲

日暮长江里，相邀归渡头。

落花如有意，来去逐船流。

此诗与崔国辅之《采莲曲》、崔颢之《长干曲》，皆有盈盈一水，伊人宛在之思。但二崔之诗，皆着迹象，此则托诸花逐船流，同赋闲情，语尤含蓄。古乐府言情之作，每借喻寓怀，不着色相，此诗颇似之。题曰"江南曲"，亦乐府之遗也。

别辋川——王缙

山月晓仍在，林风凉不绝。

殷勤如有情，惆怅令人别。

人当风景绝佳处，每低徊不去。宋人诗：聊为一驻足，且胜百回头。与作者有同怀也。山月林风，焉知惜别，而殷勤向客者，正见己之心爱辋川，随处皆堪留恋，觉无情之物，都若有情矣。

左掖梨花——邱为

冷艳全欺雪，余香乍入衣。

春风且莫定，吹向玉阶飞。

此殆取喻之词。左掖地当禁近，梨花托地既高，偶因风送，便飞向瑶殿玉阶，有希荣之意也。或言梨花虽在清华之地，忽被风吹，遂飘茵堕素，有上清沦落之感。其意果何指耶？王维亦有《左掖梨花》诗，借以寓意，并可见梨花之盛，故诗人以之入咏也。

奉寄彭城公——李华

公子三千客，人人愿报恩。

应怜抱关者，贫病老夷门。

病骥伏枥，犹恋旧恩。烈士暮年，空悲途远。酬知无地，徒抱敬容残客之嗟，作者其深有感乎？

雨中送客——崔曙

别愁复兼雨，别泪还如霰。

寄言海上云，千里长相见。

唐人雨中送客诗，五言律诗中，有"相送情无限，沾襟比散丝"与此前二句相似。后二句，相望不相见，唯海上白云，千里外两人共睹，藉寄怀思。与古诗"隔千里兮共明月"诗意相似。凭虚托想，正友谊之深也。

项羽——于季子

北伐虽全赵，东归不王秦。

空歌拔山力，羞作渡江人。

全赵句，言项羽奋迹之始，王秦句，言失策之终。后二句之意，千里江东，六朝皆恃作金汤，而盖世之雄，独弃而不顾。宁为玉碎，不作瓦全，憭然强矫之气，千载如生。于短歌对句中，包举其生平，笔力殊劲。

吴声子夜歌——薛奇童

净扫黄金阶，飞霜皎如雪。

下帘弹箜篌，不忍见秋月。

此与宫怨词之"却下水精帘，玲珑望秋月"词异而意同。彼言下帘望月者，邀静夜之姮娥，伴余独处。此言不忍见月者，怯虚帷之孤影，愁对清辉。皆悱恻之思也。

宿永阳寄璨师——韦应物

遥知郡斋夜，冻雪封松竹。

时有山僧来，悬灯独自宿。

怀友之作，遣词命意，须因人而施。韦苏州尚有《秋夜寄邱员外》诗云：怀君属秋夜，散步咏凉天。空山松子落，幽人应未眠。与此作皆意境清绝。一则在客中，却寄方外璨师，一则寄山居友人，故皆写寒夜萧寥之景，一洗尘容，知其胸次之高。庾公之友，当亦不俗也。韦喜与高僧往还，又有《怀琅玡二释子》诗云：白云埋大壑，阴崖滴夜泉。应居两石室，月照山苍然。空山夜月，境已清幽，云埋泉滴二句，尤为隽永。

闻雁——韦应物

故园渺何处，归思方悠哉。

淮南秋雨夜，高斋闻雁来。

韦性高洁，出守江南，筑凝香馆，日以文酒自娱，印累绶苦，非其志也。故在淮南登楼，有"坐厌淮南守，秋山红树多"句，与此诗秋宵闻雁，皆有渊明归去之思。凡客馆秋声，最易感人怀抱。明人诗：一声征雁谁先听，今夜江南我共君。与韦诗有同慨也。

春草宫怀古——刘长卿

君王不可见，芳草旧宫春。

犹带罗裙色，青青向楚人。

楚宫台榭，久付消沉，废殿遗墟，剩有年年芳草，似依恋楚人，犹学当日宫妃罗裙颜色。彼楚人者，时移代异，安有余哀？谁复踏青荒圃，凭吊故宫耶？此作可称郁伊善感，宜元好问推重其诗也。文房河间人，距湘楚甚远，曾由御史出任鄂州转运留后。春草宫之咏，当作于赴鄂时也。

弹琴——刘长卿

> 冷冷七弦上，静听松风寒。
> 古调虽自爱，今人多不弹。

中郎焦尾之材，伯牙高山之调，悠悠今古，赏音能有几人？况复茂材异等，沉沦于升斗微官；绝学高文，磨灭于蠹蟫断简，岂独七弦古调，弹者无人。文房特借弹琴，以一吐其抑塞之怀耳。

送上人——刘长卿

> 孤云将野鹤，岂向人间住。
> 莫买沃州山，时人已知处。

真能高隐者，贵有坚贞淡定之操，岂捷径终南，所能假借。此作"莫买沃州山"二句，与裴迪送崔九诗"莫学武陵人，暂游桃源里"，皆为充隐者下顶门一针。若饰貌矜情，徒事妆媒费黛耳。

送灵澈——刘长卿

苍苍竹林寺，渺渺钟声晚。
荷笠带斜阳，青山独归远。

四句纯是写景，而山寺僧归，饶有潇洒出尘之致。高僧神态，涌现毫端，真诗中有画也。

平蕃曲——刘长卿

绝漠大军还，平沙独戍闲。
空留一片石，万古在燕然。

裴岑纪功之碣，伏波铜柱之铭，因博取数行残拓，古今来赚尽多少英雄。一将功成万骨枯，诵此诗后二句，开边略远者，果何所图耶？

江行无题（二首）——钱起

其一

橹慢开轻浪，帆移入暮云。
莫嫌舟似叶，容得庾将军。

前二句状舟行风景。橹轻开浪，帆远入云，描写入细。后二句言扁舟如叶，而中有兼资文武之人。尺泽之中，安见无蛟龙蛰处。姚惜抱诗"江天小阁坐人豪"与此诗同意。曾文正公极称姚句，谓英雄能使江山增重，庾将军亦其人也。

其二

咫尺愁风雨，匡庐不可登。
只疑云雾里，犹有六朝僧。

匡庐秀出南斗，为江介之名山。唐代去六朝未远，当有百岁高僧，在云深林密中，物外倏然，长享灵山甲子。托想殊高。

采莲曲——刘方平

落日清江里，荆歌艳楚腰。
采莲从小惯，十五即乘潮。

云鬟雾鬓，盈盈正碧玉之年。水佩风裳，采采唱红芙之曲。诗既妍雅，调亦入古。楚腰十五，便解乘潮，犹之十岁胡儿，都能骑马，各从其习尚也。

京兆眉——刘方平

新作蛾眉样，唯将月里同。
有来凡几日，相效满城中。

堕马新妆，盘龙高髻，闺饰相效之风，历汉唐以来，历明清而勿替。眉图十样，斗巧争妍。此诗咏新月眉痕，满城争学，特举其一端耳。

感怀——张继

调举时人背，心将静者论。
终年帝城里，不识五侯门。

穷通知命，即朝野齐观。诵其帝城二句，真有"万人如海一身藏"之概。彼曳裾侯门者，固属梯荣躁进；即冠盖满京华，斯人独憔悴，感时咏叹者，亦未离尘相也。

忆旧游——顾况

悠悠南国思，夜向江南泊。
楚客断肠时，月明枫子落。

顾以诗文名于时。白乐天少时，以诗进谒。极赏其"原上草"一篇，为之延誉。官止著作郎，隐居茅山，累召不起，品学俱高。录此一首，见初唐时诗格之浑朴。

江南曲——李益

嫁得瞿塘贾，朝朝误妾期。

早知潮有信，嫁与弄潮儿。

湖来有信，而郎去不归，喻巧而怨深。古乐府之借物见意者甚多，如：当门不安横，无复相关意。郎马蹄不方，何处寻郎踪。皆喻曲而有致。此诗其嗣响也。

鹧鸪词——李益

湘江斑竹枝，锦翅鹧鸪飞。

处处湘云合，郎从何处归？

此词亦竹枝之类，以有鹧鸪句，遂以命题。前二句，兴体也。后二句，赋体也。皆美人香草之寓言。沈休文诗"梦中不识路"，言梦去之无从。此云"处处湘云合"，言郎归之莫辨。相思无际，寄怀于水重云复之乡，乐府遗音也。

洛桥——李益

金谷园中柳，春来似舞腰。

那堪好风景，独上洛阳桥。

洛桥为唐时胜地，风物之美，裙屐之盛，每见于诗歌。此殆留滞洛中，感怀而作。地经前度成惆怅，人对芳晨转寂寥，宜其低回不尽也。

塞下曲（四首）——卢纶

其一

鹫翎金仆姑，燕尾绣蝥弧。

独立扬新令，千营共一呼。

前二句言弓矢精良，见戎容之赫赫。三句状阃帅之尊严。四句状号令之整肃。寥寥二十字中，有军容荼火之观。

其二

林暗草惊风，将军夜引弓。

平明寻白羽，没在石棱中。

此借用李广事，见边帅之勇健。首句林暗风惊，不言虎而如有虎在。李广射虎事，仅言射石没羽，记载未详。夫弓力虽劲，以石质之坚，没镞已属难能，而况没羽。作者特以"石棱"二字表出之，盖发矢适射两石棱缝之中，遂能没羽，于情事始合。卢允言乃读书得闲也。

其三

月黑雁飞高，单于夜遁逃。

欲将轻骑逐，大雪满弓刀。

前二首仅闲叙军中之事，此首始及战事。言兵威所震，强虏远逃。月黑雁飞，写足昏夜潜遁之状。追奔逐北者，宜发轻骑蹑之。而弓刀雪满，未得穷追，见漠北之严寒，防边之不易也。

其四

野幕敞琼筵，羌戎贺劳旋。

醉和金甲舞，雷鼓动山川。

此首似与三首相接。边氛既扫，乃宏开野幕，饷士策勋。醉余起舞，金甲犹摆，击鼓其镗，雷鸣山应。玉关生入，不须醉卧沙场矣。唐人善边塞诗者，推岑嘉州。卢之四诗，音词壮健，可与抗手。宜其在大历十子中，与韩翃、钱起齐名也。

婕妤怨（二首）——皇甫冉

其一

花枝出建章，凤辇发昭阳。

借问承恩者，双蛾几许长？

建章昭阳之间，粉白黛绿，夹辇而趋，承恩者不知凡几。自问蛾眉淡扫，颜色亦不后于人，而顿殊枯菀。彼荷宠邀荣者，等于恒人，未必长蛾胜人几许。承恩不在貌，信乎命之不齐也。

其二

长信多秋草，昭阳借月华。
那堪闭永巷，闻道选良家。

长信则秋草丛生，昭阳唯月华遥望。永巷沉沦，方嗟命薄，忽听斜封墨敕，又选良家。沉沉宫禁，误尽婵娟。他时类我者，不知几辈。推己及人，相怜相恤，能无长太息耶？

金陵怀古——司空曙

辇路江枫暗，宫朝野草春。
伤心庾开府，老作北朝人。

表圣为唐末遗民。此诗前二句，辇路宫朝，本荡平之皇道，乃一则江枫凄暗，一则野草丛生，殊有黍离麦秀之悲。此诗当是易代后所作，借兰成以自况。北去萧综，唯闻落叶；南来符郎，只见江流。文人之沦落天涯者，宁独哀江南一赋耶？

送卢秦卿——司空曙

> 知有前期在，难分此夜中。
> 无将故人酒，不及石尤风。

别酒殷勤，难留征棹，转不若石尤风急，勒住行舟。凡别友者，每祝其帆风相送，此独愿石尤阻客，正见其恋别情深也。

汉宫曲——韩翃

> 绣幕珊瑚钩，香闺翡翠楼。
> 深情不肯道，娇倚钿箜篌。

此诗纯写宫中景物，唯三句"深情"二字，略见本意，而承以"不肯道"三字，则此句亦是虚写。韩翃为晚唐诗家，此作言汉宫之富丽，宫怨之低回，以含浑出之，欢愁两不着，在宫词中别是一格。

江行——柳中庸

> 繁阴乍隐洲，落叶初飞浦。
> 萧萧楚客帆，暮入寒江雨。

凡纯是写景之诗，贵有远韵余味，方耐吟讽。此作前二句写秋容暗淡。后二句之意，江天暮雨，遥望客帆，当有去国怀乡之士，在孤舟摇曳中，听乌篷寒雨，感极而悲者。寓情于景，不仅写楚江烟雨也。

题三闾大夫庙——戴叔伦

沅湘流不尽，屈子怨何深。
日暮秋风起，萧萧枫树林。

前二句之意，与少陵咏八阵图"江流石不转"句，皆咏昔贤遗恨，与江水俱长。因前二句已质言之，故后二句仅以秋声枫树，为灵均传哀怨之声，其传神在空际。王阮亭《题露筋祠》诗"门外野风开白莲"，不着迹象，为含有怀古苍凉之思，与此诗同意。

关山月——戴叔伦

一雁过连营，繁霜覆古城。
胡笳在何处，半夜起边声。

题为"关山月"，则营边鸣雁，城上严霜，皆月中之所闻所见。当塞外早寒，月皎霜清之际，况闻呜咽笳声。诗虽虚写，不言闻笳之人，而李白《登受降城》诗"不知何处吹芦管，一夜征人尽望乡"诗意，自在言外。李陵答苏武书云：胡笳夜动，边声四起，只增忉怛。此诗三四句，即此意也。

送人往金华——严维

> 明月双溪水，清风八咏楼。
> 少年为客处，今日送君游。

凡人昔年履齿所经，积久渐忘。忽逢故友，重履前尘，遂使钩游陈迹，一一潮上心头。陈迦陵寄冒巢民书云：钵池夜雨，水绘朝烟，历历前游，都萦怀抱。人情恋旧，大抵相同。作者回首当年，双溪打桨，八咏登楼，宜有桑下浮屠之感也。

题竹林寺——朱放

> 岁月人间促，烟霞此地多。
> 殷勤竹林寺，更得几回过。

尘寰营扰，倏忽中觉岁急于梭。山寺清幽，寂静中便日长如岁。此二句理想颇高。竹林胜地，诚可留恋，惜浮生碌碌，再来能有几回。凡览胜登临者，每有此想。但人生万事当前，少焉视之，已化为古，宁独竹林往迹为可惜耶？

长沙驿——柳宗元

> 海鹤一为别，存亡三十秋。
> 今来数行泪，独上驿南楼。

一死一生，乃见交情，况历三十年之久，重过南楼。历历前程，行行老泪，山阳闻笛之情，马策西州之恸，无以过之。知子厚笃于朋友之伦矣。

江雪——柳宗元

> 千山鸟飞绝，万径人踪灭。
> 孤舟蓑笠翁，独钓寒江雪。

空江风雪中，远望则鸟飞不到，近观则四无人踪。而独有扁舟渔父，一竿在手，悠然于严风盛雪间。其天怀之淡定，风趣之静峭，子厚以短歌，为之写照。子和《渔父词》所未道之境也。

罢和州游建康——刘禹锡

> 秋水清无力，寒山暮多思。
> 官闲不计程，遍上南朝寺。

首句"无力"二字，状秋水殊精。唐人诗中，善用"无力"二字者，如"柳条无力魏王堤""侍儿扶起娇无力"，为其能状弱柳及浴后倦态也。梦得由集贤学士出宦江左，适罢和州，遂遍赏南朝山寺之楼台烟雨。旋官苏州刺史，以报最，内擢京职，未尝以遨游废政。此诗作于游建康时。梦得有《金陵怀古》诗，白乐天推为探骊得珠，或亦在建康时作也。

淮阴行——刘禹锡

隔浦望行船，头昂尾幰幰。

无奈挑菜时，清淮春浪软。

首句"望行船"，周益公诗话作"隔浦望郎船"。此诗为思妇送郎口吻，则从诗话作"望郎船"，意较明显。首二句言郎船已过别浦，但远见船之首尾低昂，可见其临波凝望之久。后二句言，问其时则挑菜良辰，览其景则清波春软，芳时惜别，尤情所难堪。宜黄山谷谓"淮阴行，情调殊丽也"。

秋风引——刘禹锡

何处秋风至，萧萧送雁群。

朝来入庭树，孤客最先闻。

四序迭更，一岁之常例。唯乍逢秋至，其容则天高日晶，其气则山川寂寥，别有一种感人意味，况天涯孤客，入耳先惊，能无惆怅？苏颋之汾上惊秋，韦应物之淮南闻雁，皆同此感也。

玉台体——权德舆

> 昨夜裙带解，今朝蟢子飞。
> 铅华不可弃，莫是藁砧归？

此诗写闺中望远之思。观第三句，当其未占吉兆，当有"岂无膏沐，谁适为容"之感。忽喜罗裙夜解，蟢子朝飞，倘谚语之有征，必佳期之可待。遂尔亲研螺黛，预贮兰膏，一时愁喜，并上眉尖，有盘龙玉镜，留待郎归之望。作者曲体闺情，金荃之隽永也。

古别离——孟郊

> 欲别牵郎衣，郎今向何处？
> 不恨归来迟，莫向临邛去。

女子善怀，当良人远役，不在归计之稽迟，而在同心之固结。但使垆头沽酒，勿学相如。犹之驻马章台，勿攀杨柳。若看云步月，彼此同怀，则锦衾角枕，独旦良甘。否则扁舟归日，别载西施，枉劳卜镜占钱，宁非虚愿。含情无际，皆在牵衣数语中也。

远别离——令狐楚

玳织黄金履，金装翡翠簪。
畏人相借问，不拟到城南。

题既云"远别离"，宜铅华不御，深闷芳踪。乃前二句金履翠簪，炫妆丽服，何为其然耶？故三句接以畏人相问，不敢至城繁盛之区，颇似朱竹咏履词"假饶无意把人看，又何用明金压绣"。作者其借以寓讽耶？

思君恩——令狐楚

小苑莺歌歇，长门蝶舞多。
眼看春又去，翠辇不曾过。

凡作宫闱诗者，每借物喻怀，词多幽怨。此作仅言翠辇不来，质直言之，有初唐浑朴之格。殆以题为"思君恩"，故但念旧恩，不言幽恨也。

从军行（二首）——张籍

其一

暮雪连青海，阴云覆白山。
可怜班定远，生入玉门关。

其二

却望冰河阔，前登雪岭高。
征人几多在，又拟战临洮。

第一首前二句，言塞外阴寒之状，后二句，绝域班超，竟得玉门生入，乃不曰可喜，而曰可怜。意谓定远固功成归国，彼碛中三十万征人，生还者有几。言外为之深慨也。第二首言既涉冰河，又登雪岭，从军者愈行愈远，已嗟征戍之劳。频年战伐，精锐销亡，乃军符忽下，又趋战临洮。瘏马残兵，宁堪再战。二诗皆为久役者悲也。

闺人赠远——王涯

花明绮陌春，柳拂御沟新。
为报辽阳客，流光不待人。

当此柳媚花明，春光辜负，固不待言。所郑重报君者，征人塞外，念客鬓之加苍；少妇楼头，感芳年之易老。亲裁尺素之书，早唱刀环之曲，情见乎词矣。

春闺思——张仲素

袅袅边城柳，青青陌上桑。
提笼忘采叶，昨夜梦渔阳。

五言绝句中，忆远之诗，此作最为入神。从《诗经》"采采卷耳，不盈倾筐。嗟我怀人，置彼周行"点化而来，遂成妙语，令人揽挹不尽。

南浦别——白居易

南浦凄凄别，西风袅袅秋。
一看肠一断，好去莫回头。

首句凄凄南浦，为江淹恨别之乡。次句袅袅西风，乃宋玉悲秋之际。寄语征人，不若掉头竟去，强制离情，差胜于留恋长亭，赢得相看肠断也。皇甫曾《送友》诗云：相望知不见，终是屡回头。一言行者好去莫回头，一言送行者屡回头，皆情至之语。

勤政楼西柳——白居易

半朽临风树，多情立马人。
开元一株柳，长庆二年人。

四句皆作对语，而不异单行，由于语气贯注也。首二句言，勤政楼乃当日旌旗拂露、紫禁朝天之地，今衰柳临风，驻马徘徊，怆然怀旧。后二句言，自开元至长庆，岁月悠悠，其间国运之隆替，耆旧之凋零，等于无痕春梦。剩有当年垂柳，依依青眼，阅尽沧桑。诗仅言开元之树，长庆之人，不着言诠，而含凄无限也。

问刘十九——白居易

绿蚁新醅酒，红泥小火炉。
晚来天欲雪，能饮一杯无？

寻常之事，人人意中所有，而笔不能达者，得生花江管写之，便成绝唱。此等诗是也。即以字面论，当天寒欲雪之时，家酿新熟，炉火生温，招素心人清谈小饮，此境正复佳绝。末句之"无"字，妙作问语，千载下如闻声口也。

西还——元稹

悠悠洛阳梦，郁郁灞陵树。
落日正西归，逢君又东去。

首句谓洛阳作客，前梦悠悠，言己之东游也。次句谓前望灞陵，平林郁郁，言己之西还也。辛苦归来，方冀与故人乐共晨夕，乃我甫西还，君又东去。盼驱蛩之相倚，忽劳燕之分飞，马上相逢，能无怅怅。诗仅言我还君去，而离情旅思，皆于诗外见之。

玉树后庭花——张祜

轻车何草草，犹唱后庭花。
玉座谁为主，徒悲张丽华。

首二句言当日玉车轻辒，草草风花，只余玉树艳歌，在清樽檀板之场，留其哀怨。后二句言玉座陈宫，几经易主。后主不能承其帝业，手掷金瓯，宜后人不哀其亡国，而为张丽华悲。儿女江山，齐声一叹也。

江南逢故人——张祜

> 河洛多尘事，江山半旧游。
> 春风故人夜，又醉白蘋洲。

诗因逢故人而作，宜为喜慰之词。乃观其前二句，殊有低徊之感。首句言洛中羁泊，尘事多端，忽忽已为陈迹。次句言花月江东，半是旧游之地，过江春燕，犹认巢痕。后二句言，且喜春风良夜，与故人把臂，同醉蘋洲。回首当年，微波踏洛水之尘，听曲泛秦淮之棹，酒阑话旧，不觉悲喜交乘矣。

春情——张起

> 画阁余寒在，新年旧燕飞。
> 梅花犹带雪，未得试春衣。

此诗设色纤秾，托思绵邈，齐梁之精品也。诗句皆咏春寒，而诗题标曰"春情"，可见诗句皆含情思矣。首句之意，画阁乃凝妆之地，宜晴日和风，而言余寒尚在，似怅春色之迟也。二句之意，新年当明媚之辰，宜梁燕双栖，而言旧燕还飞，似萦怀旧之思也。三句之意，梅花占众艳之魁，而犹带残雪，似感芳时之冷落也。四句之意，巢燕已归，而春衣未试，其因清寒料峭，尚怯罗衣耶？抑幽绪盈怀，慵施针线耶？诗题既曰"春情"，或因春至而关情，或以情重而怨春，作者特缥缈其词，自成其好句耳。

小院——唐彦谦

小院无人处，烟斜月转明。

清宵易惆怅，不必有离情。

人之闲恨闲愁，其来无自。场临广武，则凭吊英雄；宫过咸阳，则追怀故国；访贞娘之墓，叹息婵娟；经宋玉之居，兴嗟词客。其实皆悠悠陈迹，而言愁欲愁，亦如此诗之小院月明，无端惆怅，非必有离情暗恨也。近人听雨诗：明知关我心何事，只是撩人梦不成。颇与此诗同意。

题水西寺——杜牧

三日去还住，一生焉再游。

含情碧溪水，重上粲公楼。

首二句言欲去还留，恐胜游之不再，与朱放《题竹林寺》云"殷勤竹林寺，更得几回过"诗意极相似。但朱诗言再来不易，即截然而止；杜诗后二句，更申其意，谓碧溪无情之水，若为我含情，登临吟眺，余兴未尽，乃更上高楼，写足其恋恋之意。小杜之随处多情，宜其重过扬州，低回不置也。

寄远——杜牧

> 只影随惊雁，单栖锁画笼。
> 向春罗袖薄，谁念舞台风。

前二句皆以鸟喻人。首句指远人而言，谓书笈长征，随惊鸿而独去。次句自喻，谓雕笼深锁，类羁羽之难飞。后二句谓风多寒重，舞袖春单，谁念此憔悴姬姜，为筑避风台耶？不从忆远着笔，而言己之无人怜惜，冀动远人之听，早整归鞭也。

江楼——杜牧

> 独酌芳春酒，登楼已半醺。
> 谁惊一行雁，冲断过江云。

以"独酌"二字开篇，知其后二句之惊寒断雁，乃喻独客之飘零。赵嘏《寒塘》诗云：晓发梳临水，寒塘坐见秋。乡心正无限，一雁过南楼。则明言见雁而动乡心。此二诗皆因雁写怀，有寥落之思也。

登乐游原——李商隐

> 向晚意不适，驱车登古原。
> 夕阳无限好，只是近黄昏。

诗言薄暮无聊，藉登眺以舒怀抱。烟树人家，在微明夕照中，如天开图画。方吟赏不置，而无情暮景，已逐步逼人而来。一入黄昏，万象都灭。玉溪生若有深感者。莺花楼阁，石季伦金谷之园；锦绣江山，陈后主琼枝之曲。弹指兴亡，等斜阳之一瞥。夫阴阳昏晓，乃造物循例催人，无可避免。不若趁夕阳余暖，少驻吟筇。彼赵孟之视荫，徒自伤怀。且咏"人间重晚晴"句，较有清兴耳。

滞雨——李商隐

滞雨长安夜，残灯独客愁。
故乡云水地，归梦不宜秋。

首二句不过言独客长安，孤灯听雨耳。诗意在后二句。谓故乡为云水之地，归梦迢遥，易为水重云复所阻。即沈休文诗"梦中不识路，何以慰相思"之意。况多秋雨，则归梦更迟。因听雨而忆故乡，因故乡多雨，而恐归梦之不宜，可谓诗心幽邈矣。黄仲则诗"秣陵天远不宜秋"，殆本此意。

散关遇雪——李商隐

剑外从军远，无人与寄衣。
散关三尺雪，回梦旧鸳机。

此玉溪生悼亡之意也。昔年砧杵西风，恐寒到君边，征衣先寄。今则客子衣单，散关立马，风雪漫天，回首鸳鸯机畔，长簟床空。当日寒闺刀尺，怀远深情，徒萦梦想耳。

碧涧驿晓思——温庭筠

> 孤灯伴残梦，楚国在天涯。
> 月落子规歇，满庭山杏花。

诗言楚江客舍，残梦初醒，孤灯相伴，其幽寂可想。迨起步闲庭，斜月西沉，子规啼罢，其时群嚣未动，唯见满庭山杏，挹晨露而争开。善写晓天清景。飞卿尚有《咏春雪》诗云：三月雪连夜，未应伤物华。只缘春欲尽，留着伴梨花。言春暮之雪，与梨花相似相伴外，初无余义，不若晓思诗之格高味永也。

夕阳——陆龟蒙

> 渡口和帆落，边城带角收。
> 如何茂陵客，江上倚危楼。

夕阳风景，最易感人。首二句言征帆卸影，野渡停桡，画角低声，边军归帐，皆写薄暮之景。用"落"字"收"字，帆影角声，与夕阳夹写，就闻见所及，体物工妙。上二句用对句起，已写足夕阳。乃推进一层，言以茂陵之词客，登江上之高楼，暮色苍凉，旅怀摇落，独倚危阑，觉乱愁无次也。

乐府——皮日休

宝马跋尘光，双驰照路旁。
喧传报戚里，明日幸长杨。

　　一条软绣天街，遥见滚尘双骑驰来，雕鞍玉勒，照眼生辉。夹道朱门，非樊重之家，即王根之宅。道路喧传：至尊将于明日游幸长杨，故双骑驰报贵家以备侍从。诗境所言止此，而当日京都之繁盛，宸游之娱乐，车骑之辉煌，戚里之荣宠，皆含诗内，如展《清明上河图》一角也。

效崔国辅体——韩偓

雨过碧苔院，霜来红叶楼。
闲阶上斜日，鹦鹉伴人愁。

　　前二句言碧苔深院，因雨洗而碧愈润；红叶高楼，因霜饱而红更酣。如此幽丽之地，而伊人独处。后二句言黄昏渐近，斜阳在砌，寸寸而移，此时院静无人，唯有闷寻鹦鹉，同说无聊。诗系效崔国辅体，其窈窕怀人之意，颇似崔之《怨词》及《王孙游》诸作也。

秋日——耿沣

返照入闾巷，忧来谁与语。
古道无人行，秋风动禾黍。

往者麦秀之歌，黍离之什，乃采蕨遗民，过旧京而凭吊，宜其音之哀以思也。作者于千载下，望古遥集，百忧齐来。诗言夕阳深巷之中，抑郁更谁共语。乃出游以写忧，但见古道荒凉，寂无人迹，往日之楚存凡丧，项灭刘兴，以及钟鸣鼎食之家，璧月琼枝之地，都付与水逝云飞。所余残状，唯禾黍高低，在西风落照中，动摇空翠。可胜叹耶？

听筝——李端

鸣筝金粟柱，素手玉房前。
欲得周郎顾，时时误拂弦。

此诗能曲写女儿心事。银筝玉手，相映生辉，尚恐未当周郎之意，乃误拂冰弦，以期一顾。夫梅瓣偶飞，点额效寿阳之饰；柳腰争细，息肌服楚女之丸。希宠取怜，大率类此，不独因病致妍以贡媚也。

送王司直——皇甫曾

西塞云山远，东风道路长。
人心胜潮水，相送过浔阳。

江潮西上，至浔阳而止。故诗言潮有终止之地，而离心一片，飞逐征帆，比江潮更远。顾况诗云：近得麻姑书信否，浔阳江上不通潮。近人柳枝诗云：多少愁心上楼角，江潮同至不同消。皆以潮喻情怀，各有思致。而愁心楼角句，尤耐微吟也。

淮口寄赵员外——皇甫曾

欲逐淮潮上，暂停鱼子沟。
相望知不见，终是屡回头。

诗写清淮别友，无限离情。行者已帆开天末，送者自崖而返，明知曲终人远，尚几度回头，真觉魂销南浦矣。温飞卿诗：过尽千帆皆不是，斜晖脉脉水悠悠。一盼其归，一送其去，同是相思相望之情。李玉溪诗：直道相思了无益，未妨惆怅是清狂。自知无益，而惆怅依然，即百遍回头之意也。

春怨——金昌绪

　　　　打起黄莺儿，莫教枝上啼。

　　　　啼时惊妾梦，不得到辽西。

　　此等诗，虽分四句，实系一事，蝉联而下，脱口一气呵成。五七绝中，如"松下问童子"诗，"君自故乡来"诗，"少小离家老大回"诗，纯是天籁，唐诗中不易得也。

塞下曲——许浑

　　　　夜战桑干北，秦兵半不归。

　　　　朝来有乡信，犹自寄寒衣。

　　自昔边患，以汉唐为多。唐代回纥、吐蕃，迭扰西北，尤征戍频繁。诗言沙场雪满，深夜鏖兵，迨侵晓归营，损折已近半数。而秦中少妇，犹预量寒意，远寄衣裘，不知梦里征人，已埋骨桑干河畔矣。若张籍诗"欲祭疑君在"，韦庄诗"犹是春闺梦里人"，则全军皆没，诗尤沉痛。若沈如筠诗云：雁尽书难寄，愁多梦不成。愿随孤月影，流照伏波营。虽离情无际，胜于死别吞声也。

题慈恩寺塔——荆叔

> 汉国山河在，秦陵草木深。
> 暮云千里色，无处不伤心。

此与王之涣《登鹳雀楼》诗，同是登高之作，以对句起，以单句收，格调极相似。但王系写景，此乃感怀。首二句与少陵《春望》诗"国破山河在，城春草木深"字句略同。荆诗虽言处处伤心，仅远怀秦汉；少陵则乱后伤春，意尤深切也。

湘竹词——施肩吾

> 万古湘江竹，无穷奈怨何。
> 年年长春笋，只是泪痕多。

赋湘竹者，大都言竹上泪痕不灭，为湘君悲耳。竹由笋成，诗乃由笋着笔，言百卉皆随春转，万绿更新，唯此湘竹，虽岁岁新芽怒发，而万箨千枝，一一皆有泪痕，不随气候而转移，不以岁之久，竹之多，而减其斑迹。乃写足第二句之意。言湘君无穷之怨，历千古而不灭。犹屈子之怨，为沅湘所流不尽也。

偕夫游秦——王韫秀

> 路扫饥寒迹，天哀志气人。
> 休零离别泪，携手入西秦。

韫秀为元振之妻。诗首句言，此去所经之路，若骅骝开道，举往昔饥寒之迹，扫荡而前。次句承上句之意，言世莫己知，幸有天心，当哀我誓扫饥寒之志气，挽颓运而履康衢。三四谓勿以离乡远役，别泪沾巾，且携手而揽秦地山川，同心并力，百挫毋惮。此诗英词壮志，以弱女子而有终军弃繻、司马题桥之概。其后元振虽蹈厉功名，而相业不终，负此闺中人之长图大念也。

沙上鹭——张文姬

> 沙头一水禽，鼓翼扬清音。
> 只待高风便，非无云汉心。

文姬为鲍参军妻，借咏鹭以见藏器待时之志，殆为参军勉也。诗言勿谓沙洲白鹭，风餐水宿，将终老江湖，但观其扬音鼓翼，意态正复不凡，一遇高风，即扶摇而上，不让得路鹓鸿，云霄先骞。此与王韫秀偕夫入秦诗，皆有高旷之致，一洗庸脂俗粉也。

溪口云——张文姬

> 溶溶溪口云，才向溪中吐。
> 不复归溪中，还作溪中雨。

诗言溪中水气，蒸化为云，既腾上天空，当不得更归溪内，而酿云成雨，仍落溪中。雨复化水，水更生云，云水循环而不穷。可见无往不复，不生不灭，名理即禅机也。以诗格论，如游九曲武夷，一句一转，愈转愈深。以音节论，颇近汉魏古诗。在诗家集中，亦称佳咏。出自闺秀，可谓难能。

啰唝曲——刘采春

> 不喜秦淮水，生憎江上船。
> 载儿夫婿去，经岁复经年。

沈归愚评此诗，谓不喜、生憎，经岁、经年，重复可笑，的是儿女子口角。余谓故意重复，取其姿势生动，固合歌曲古逸之趣。且其重复，皆有用意：首二句言不喜秦淮水与生憎江上船者，乃因水与船之无情，为第三句张本。故接续言无情之船与水，竟载夫婿去矣。第四句经岁复经年，即年复一年，乃习用之语，极言分离之久，已历多年。虽用重复字，而各有用意。其第二首云：那年离别日，只道住桐卢。桐卢人不见，今得广州书。言书札偶传，行踪无定也。第三首云：莫作商人妇，金钗当卜钱。朝朝江上望，错认几人船。言凝盼归舟，眼为心乱也。三首中，先言分袂之情，第二首言客踪所在，第三首言盼归之切，情词既美，章法亦秩然。

哥舒歌——西鄙人

北斗七星高，哥舒夜带刀。
至今窥牧马，不敢过临洮。

诗三百篇，无作者姓氏，天怀陶写，不以诗鸣，而诗传千古。三代下唯恐不好名，汉魏以降，诗家林立矣。汉初，戚夫人善歌出塞入塞之曲，惜其词不传。此西鄙之人，姓氏湮没，而高歌慷慨，与"敕勒川，阴山下"之歌，同是天籁。如风高大漠，古戍闻笳，令壮心飞动也。首句排空疾下，与卢纶之"月黑雁飞高"皆工于发端，唯卢诗含意不尽，此诗意尽而止，各极其妙。

答人——太上隐者

偶来松树下，高枕石头眠。
山中无历日，寒尽不知年。

岁月者，以之纪万端人事也。太上隐者，不知何许人，削迹荒崖，自甘沦灭。修短听诸造物，富贵等于浮云，家室视同逆旅，将欲掷世界于陶轮而外，则岁月往来，与我何预。不知有汉，无论晋魏。偶在松阴深处，枕石高眠，若枯木残僧，悠然入定。无日亦无时，去来今不计也。刘后村诗：村叟无台历，梅开认小春。可称高致。今观隐者之诗，觉着意梅开，尚有迹象也。

题玉溪——湘驿女子

红树醉秋色，碧溪弹夜弦。

佳期不可再，风雨渺如年。

首二句词采清丽，音节入古。后二句言回首佳期，但觉沉沉风雨，绵渺如年。叹胜会之不常耶？怅伊人之长往耶？唐人五绝中，有安邑坊女子《幽恨诗》云：卜得上峡日，秋江风浪多。江陵一夜雨，肠断木兰歌。与此诗皆出女郎声口，感余心之未宁，溯流风而独写，如闻阳阿激楚之洞箫也。

续编二

七言绝句

送梁六——张说

> 巴陵一望洞庭秋，日见孤峰水上浮。
>
> 闻道神仙不可接，心随湖水共悠悠。

首句言送梁六之地。次句孤峰浮水，指君山而言。后二句言，洞庭乃龙女神灵之地，仙踪已渺，唯余湖水悠悠。与崔颢之"黄鹤一去不复返，白云千载空悠悠"意境相似。格调虽高，于送友无涉。张为初唐能手，当不作此宽泛之诗。盖友谊有深浅，诗意殆因洞庭秋望而作，兼及送友，犹李白《渡荆门送别》诗，全首皆言荆江风景，唯末句始言送别。此诗言烟波浩渺中，神仙既不可接，客帆亦天际迢遥。末句之悠悠凝望，即送别之心也。

边词——张敬忠

> 五原春色旧来迟，二月垂杨未挂丝。
>
> 即今河畔冰开日，正是长安花落时。

凡作边词者，每言塞外春迟，而各人诗笔不同。此诗言时已二月，而柳条未泄春光，迨长河冰解，长安已处处飞花。极言气候之不齐，语颇质直。若王之涣诗：羌笛何须怨杨柳，春风不度玉门关。推为绝调，传遍旗亭。吴兆骞诗：马后桃花马前雪，出关争得不回头。为《秋笳集》中第一。此二诗皆言绝域春寒，情词并美，突过前人。然张诗自有初唐质朴之气。

春日思归——王翰

> 杨柳青青杏发花，年光误客转思家。
> 不知湖上菱歌女，几个春舟在若耶。

诗言客中春色，已杏柳争妍。而耽误年光，欲归不得。遥想若耶溪畔，当有搴芳女伴，向绿波春水，争荡轻舟。绮绪乡愁，一时并集矣。明人诗：不待东风不待潮，渡江十里九停桡。不知今夜秦淮水，绿到扬州第几桥。同是春日怀归，同于第三句以"不知"作疑问之词，而风致夷犹，较王诗尤为擅胜。唐初诗与后贤相较，此类甚多，时代文质之分也。

凉州词——王翰

> 蒲桃美酒夜光杯，欲饮琵琶马上催。
> 醉卧沙场君莫笑，古来征战几人回。

诗言强胡压境，杖策从军，判决生死之锋，悬于顶上，何不及时为乐。檀柱拨伊凉之调，玉杯盛琥珀之光，拼取今宵沉醉。

君莫笑其放浪形骸，战场高卧，但观白草萦骨，黄沙敛魂，能玉关生入者，古来有几人耶？唐人出塞诗，如归马营空，春闺梦断，已满纸哀音。此于百死中，姑纵片时之乐，语尤沉痛。

结袜子——李白

燕南壮士吴门豪，筑中置铅鱼隐刀。

感君恩重许君命，泰山一掷如鸿毛。

乐府盛于汉魏，沿及江左，西曲南弄，古意浸微。太白此作，悲壮挺崛，犹有乐府遗风。首二句用荆高专诸事。后二句言，生命重于泰山，不轻为人许，感君恩重，愿为知己用，遂一掷等于鸿毛。声情抗健，可作游侠传赞语。

长门怨——李白

桂殿长愁不计春，黄金四壁起秋尘。

夜悬明镜秋天上，独照长门宫里人。

首二句桂殿秋与春对举者，言含愁独处，但见秋之萧瑟，不知有春之怡畅也。次句言四面黄金涂壁，华贵极矣，而流尘污满，则华贵于我何预，只益悲耳。后二句言月镜秋悬，照彻几家欢乐，一至寂寂长门，便成独照，不言怨而怨可知矣。

越中怀古——李白

越王勾践破吴归，战士还家尽锦衣。
宫女如花满春殿，只今唯有鹧鸪飞。

咏勾践平吴事，振笔疾书，其异于平铺直叙者，以真有古茂之致，且末句以"唯有"二字，力缩全篇，诗格尤高。前三句言平吴归后，越王固粉黛三千，宫花春满，战士亦功成解甲，昼锦荣归。曾几何时，而霸业烟消，所余者唯三两鹧鸪，飞鸣原野，与夕阳相映耳。彼前胥后种，悲其往事，犹怒涌江潮，果何为耶？

黄鹤楼送孟浩然之广陵——李白

故人西辞黄鹤楼，烟花三月下扬州。
孤帆远影碧空尽，唯见长江天际流。

送行之作伙矣，莫不有南浦销魂之意。太白与襄阳，皆一代才人，而兼密友，其送行宜累笺不尽。乃此诗首二句，仅言自武昌至扬州。后二句叙别意，言天末孤帆，江流无际，止寥寥十四字，似无甚深意者。盖此诗作于别后，襄阳此行，江程迢递。太白临江送别，直望至帆影向空而尽，唯见浩荡江流，接天无际，尚怅望依依，帆影尽而离心不尽。十四字中，正复深情无限。曹子建所谓"爱至望苦深"也。

春夜洛阳闻笛——李白

谁家玉笛暗飞声，散入东风满洛城。
此夜曲中闻折柳，何人不起故园情。

春宵人静，闻笛韵悠扬，已引人幽绪。及聆其曲调，为阳关折柳，不禁黯然动乡国之思。昔柳依依送客，为唱阳关三叠。翠袖支颐，红牙按拍，觉怨入落花。当其境者，固辄唤奈何；闻其声者，亦不胜离思也。释贯休《闻笛》诗云：霜月夜徘徊，楼中羌笛催。晓风吹不尽，江上落残梅。同是风前闻笛，太白诗有磊落之气，贯休诗得蕴藉之神。大家名家之别，正在虚处会之。

峨眉山月歌——李白

峨眉山月半轮秋，影入平羌江水流。
夜发青溪向三峡，思君不见下渝州。

以秋宵之残月，映青峭之峨眉，江上停桡，风景幽绝。无奈轻舟夜发，东下巴渝，回看斜月沉山，思君不见，好山隔面，等于良友分襟也。咏峨眉山月之诗，如：青衣江上水溶溶，隔岸遥闻戒夜钟。间倚竹床听梵放，月华刚到第三峰。神韵悠然，王渔洋最赏心者。峨眉山在汉嘉之青衣江畔，即李诗之青溪。陆放翁《望峨眉》诗：白云堕我前，心目久荡漾。诗人之眷恋名山，有如是者。

横江词——李白

　　横江馆前津吏迎，向余东指海云生。
　　郎今欲渡缘何事，如此风波不可行。

　　横江词，即子夜歌之类。美人香草，皆词客之寓言。诗谓在横江馆前，送郎远役。正清泪盈怀之际，津吏来报，东望海天云起，将有疾风。如此险恶风波，郎将焉往？语云：公毋渡河，公竟渡河。愿为郎诵之。诗固代女郎致殷勤临别之词，而诗外微言，喻名利驰逐之地，人哄而路不平。人情险巇，等于连云蜀栈，亦如涉江者，犯风浪而进舟。太白之寄慨深矣。

下江陵——李白

　　朝辞白帝彩云间，千里江陵一日还。
　　两岸猿声啼不住，轻舟已过万重山。

　　四渎之水，唯蜀江最为迅急。以万山紧束，地势复高，江水若建瓴而下，舟行者帆橹不施，疾于飞鸟。自来诗家，无专咏之者，唯太白此作，足以状之。诵其诗，若身在三峡舟中，峰峦城郭，皆掠舰飞驰。诗笔亦一气奔放，如轻舟直下。唯蜀道诗多咏猿啼，李诗亦言两岸猿声。今之蜀江，猿声绝少，闻猱玃皆在深山，不在江畔。盖今昔之不同也。

与贾舍人至泛洞庭——李白

洞庭西望楚江分，水尽南天不见云。

日落长沙秋色远，不知何处吊湘君。

楚江怀古者，湘君最艳称往史，词客每以入咏。此诗写景皆空灵之笔，吊湘君亦幽邈之思，可谓神行象外矣。诗与贾舍人至，同游而作。舍人亦有《与李十二泛洞庭》诗云：枫岸纷纷落叶多，洞庭秋水晚来波。乘兴轻舟无远近，白云明月吊湘娥。前人谓其末句，翻太白案。沈归愚云：白云明月，仍是李诗之不知何处，未尝翻案。沈说诚然。但李、贾皆唐代名手，长沙怀古，凡屈宋之余韵，贾傅之承尘，皆堪追慕，何以二人必同咏湘灵，格调亦相似？岂同舟挥翰，各不相谋，而所见略同耶？

望天门山——李白

天门中断楚江开，碧水东流至此回。

两岸青山相对出，孤帆一片日边来。

大江自岷山来，与金沙江合，凤舞龙飞，东趋荆楚，至天门稍折而北。山势中分，江流益纵，遥见一白帆痕，远在夕阳明处。此诗赋天门山，宛然楚江风景。前录《下江陵》诗，宛然蜀江风景。能手固无浅语也。

陌上赠美人——李白

> 白马骄行踏落花，垂鞭直拂五云车。
> 美人一笑搴珠箔，遥指红楼是妾家。

当紫陌春浓之际，策骏马而过，适道左有五云车过，误拂鞭丝。乃车中美人，不生薄愠，翻致微词，谓遥看一角红楼，即妾家住处。若谓门前垂柳，何妨暂系青骢。与崔颢《长干曲》之妾住在横塘，皆萍絮偶逢，即示以香巢所在，其慧眼识人耶？抑诗人托兴耶？以青莲之豪迈，而作此侧艳之词，殆如昌黎之玉钗银烛，未免有情也。

闺怨——王昌龄

> 闺中少妇不知愁，春日凝妆上翠楼。
> 忽见陌头杨柳色，悔教夫婿觅封侯。

诗谓少妇天怀憨稚，未解闲愁。弧矢四方，乃男儿所当务。值春风扇和，依然扫黛凝妆，登翠楼而凭眺。忽见陌头柳色青青，春光容易，始悔令浪游夫婿，轻挂离帆，贪觅封侯之印，致抛同梦之诗。凡闺侣伤春，诗家所习咏。此诗不作直写，而于第三句以"忽见"二字，陡转一笔，全首皆生动有致。绝句中每有此格。

听流人水调子——王昌龄

孤舟微月对枫林，分付鸣筝与客心。

岭色千重万重雨，断肠收与泪痕深。

首二句言夜寒淡月，枫叶萧森，正客心孤迥之时，听流人歌水调，境殊凄异。后二句运以深湛之思，谓断肠人之深悲，不啻将千万重之雨，一一收与泪痕，其悲宁可量耶？后主词云：问君能有几多愁，恰似一江春水向东流。江水量愁，泪痕收雨，皆以透纸之力写之。

梁苑——王昌龄

梁园秋竹古时烟，城外风悲欲暮天。

万乘旌旗何处在，平台宾客有谁怜。

自昔名藩好士，东箭南金，妙一时之选。如河间献王之筑君子馆，唯梁苑多才，差堪方美。当日邹枚上客，席月横琴，抽毫咏雪，望之何异登仙。乃人事代谢，非特平台宾佐，无复谁怜，即梁王之舆服旌旗，贵拟天子，谁更于悲风秋竹之场，唏嘘凭吊耶？

芙蓉楼送辛渐——王昌龄

寒雨连江夜入吴，平明送客楚山孤。
洛阳亲友如相问，一片冰心在玉壶。

恬退之人，借送友以自写胸臆，其词自潇洒可爱。玉壶本纯洁之品，更置一片冰心，可谓纤尘不染。其对洛阳亲友之意，乃自愿隐沦，毋烦招致。洛阳虽好，宁动冰心？左太冲诗：峨峨高门内，蔼蔼皆王侯。自非攀龙客，何为欻来游。正与同意。但此诗自明高志，与送友无涉。故作第二首云：高楼送客不能醉，寂寞寒江明月心。叙出芙蓉楼饯别之意。

送别魏二——王昌龄

醉别江楼橘柚香，江风引雨入船凉。
忆君遥在湘山月，愁听清猿梦里长。

王诗尚有《卢溪别人》云：武陵溪口驻扁舟，溪水随君向北流。行到荆门上三峡，莫将孤月对猿愁。二诗虽送友所往之地，楚蜀不同，而以江上夜月，愁听猿声，写别后之情，其意景皆同。以诗格论，则送魏二诗，末句用摇曳之笔，余韵较长。卢溪诗末句，用转折之笔，诗境较曲也。

长信秋词——王昌龄

奉帚平明金殿开，且将团扇共徘徊。
玉颜不及寒鸦色，犹带昭阳日影来。

秋词凡三首，其第一首云：重笼玉枕无颜色，卧听南宫清漏长。第二首云：火照西宫知夜饮，分明复道奉恩时。皆意嫌说尽，不若此首之凄婉也。首二句言，所执者洒扫奉帚之役，所共者秋风将捐之扇，其深宫摒弃可知。后二句言，空负倾城玉貌，正如古诗所谓"时薄朱颜，谁发皓齿"，尚不及日暮飞鸦，犹得带昭阳日影，借余暖以辉其羽毛。渊明赋闲情云：愿在发而为泽，愿在履而为丝。夫泽与丝安知情爱，犹空际寒鸦安知恩宠，以多情之人，而及无情之物，设想愈痴，其心愈悲矣。

西宫春怨——王昌龄

西宫夜静百花香，欲卷珠帘春恨长。
斜抱云和深见月，朦胧树色隐昭阳。

静夜花香四发，明月东升，正待卷上珠帘，鼓云和一曲，乃于月影中凝望昭阳，远在朦胧树色间。昭阳为宸游所在，仅于烟霭中遥瞻宫殿，则身之隔绝可知。冷抱云和，更谁顾曲耶？

西宫秋怨——王昌龄

芙蓉不及美人妆，水殿风来珠翠香。
却恨含情掩秋扇，空悬明月待君王。

首句谓初日芙蓉，不及新妆之丽。言其色之艳也。次句谓微风水殿，拂珠翠而生香。言其服之华也。三句言芳序匆匆，已抛团扇。见独处之经时。四句言今正月华如水，大好秋光，君王未必果来，犹劳凝望。春花秋月，皆入怨词。古诗云：引领遥相晞，徙倚怀感伤。可为西宫诵之。

从军行（四首）——王昌龄

其一

烽火城西百尺楼，黄昏独坐海风秋。
更吹羌笛关山月，无那金闺万里愁。

烽火防秋，戍楼危坐，在海风浩荡中，方携羌笛一枝，黄昏独奏。忽忆及闺中少妇，此时正万里怀人，顿觉夜月关山，乡情无际。诗之佳处，在末句"无那"二字，用提笔以结全篇，海风山月，都化绮愁矣。

其二

> 青海长云暗雪山，孤城遥望玉门关。
> 黄沙百战穿金甲，不破楼兰终不还。

首二句乃逆挽法。青海云低，雪山天暗，其地已在玉门关外。次句所谓遥望者，乃从青海回望孤城，见去国之远也。后二句谓确斗无前，黄沙百战，虽金甲都穿，誓不与骄虏共戴三光。胜概英风，可谓烈士矣。东坡《赠张继愿》诗：受降城下紫髯郎，戏马台前古战场。恨君不取契丹首，金甲牙旗归故乡。雄健与此诗相似。

其三

> 秦时明月汉时关，万里长征人未还。
> 但使龙城飞将在，不教胡马度阴山。

历代恒苦边患，至唐而西北迄无宁岁。诗言秦时明月，仍照沙场，汉代雄关，犹横绝塞，而千百年来万里长征者，玉门生入，曾无几人。但使龙城飞将，尚总师干，何至任毡帐胡儿，度阴山而牧马耶！少陵《秦州》诗：故老思飞将，何时议筑坛。盖思郭子仪而发。此诗所谓飞将者，听鼓鼙而思将帅，不知意属何人也。

其四

> 大漠风尘日色昏，红旗半卷出辕门。
> 前军夜战洮河北，已报生禽吐谷浑。

风高日暮，云昏大漠之时，闻元戎扬令，悉锐赴敌。在严风猎猎中，红旗半卷，将出辕门，忽羽骑西来，言昨夜洮河一战，前锋大捷，已生缚名王。凯歌声震，三军之喜可知。此诗总结前数章，故言扫老上之庭，饮黄龙之府，以告武成，为塞下曲之凄调悲歌，别开面目也。

殿前曲——王昌龄

昨夜风开露井桃，未央前殿月轮高。

平阳歌舞新承宠，帘外春寒赐锦袍。

此诗言宫廷之欢乐，以见一人之向隅。正露桃花发，春光秾美之辰，未央前殿，至夜月已高，尚酣歌恒舞，穆天子黄竹歌之万年为乐，无以过之。后二句言，歌舞者为平阳新进之人，乃因帘外春寒，竟拜锦袍之特赐。而已则翠袖天寒，熏笼独倚，古乐府所谓无复相关意也。此诗与西宫怨诗，皆为颦眉深坐者曲写其悱恻之思。

青楼曲（二首）——王昌龄

其一

白马金鞍从武皇，旌旗十万宿长杨。

楼头小妇鸣筝坐，遥见飞尘入建章。

　　此诗欲咏长安贵人，而从旁观之小妇眼中写出，如睹侍从仪卫之煊赫，篇法警动。犹少陵之《佳人》篇，欲咏乱后之烦忧，从佳人口中叙出也。诗言天子宿长杨宫，旌旗十万，翊卫森严。其扈从之官，少年气盛，服饰都丽。道左之青楼少妇，方鸣筝闲坐，遥见软绣天街中，香尘骤起，有跨白马金鞍者，飞驰而去。楼中小妇之感想，马上郎君之贵宠，皆于言外见之。

其二

驰道杨花满御沟，红妆漫绾上青楼。

金章紫绶千余骑，夫婿朝回初拜侯。

　　帝城春暖，杨花满路之时，有朱门少妇，妆罢登楼，见垂杨驰道中，云屯千骑，拥金章紫绶而来者，即儿家夫婿，新锡侯封，退朝归第，不觉喜动蛾眉矣。此诗与《闺怨》诗，同出一手，《闺怨》诗言妆罢登楼，见陌头柳色，悔觅封侯。此诗言妆罢登楼，见杨花驰道中，朝回夫婿，竟拜通侯。二诗适成翻案。以诗境论，则《闺怨》诗情思尤佳。李玉溪诗"千骑君翻在上头"，乃用古诗之"东方千余骑，夫婿居上头"。此诗第三句，殆亦本此。

九月九日忆山东兄弟——王维

独在异乡为异客，每逢佳节倍思亲。

遥知兄弟登高处，遍插茱萸少一人。

兄弟朋友，皆伦常之一。唐诗中忆朋友者多，忆兄弟者少。杜少陵诗"忆弟看云白日眠"，白乐天诗"一夜乡心五处同"，皆寄怀群季之作。此诗尤万口流传。诗到真切动人处，一字不可移易也。

凉州词——王之涣

黄河远上白云间，一片孤城万仞山。
羌笛何须怨杨柳，春风不度玉门关。

首二句笔势浩瀚，次句尤佳，再接再厉，有隼立华峰之概。且词为凉州而作，其言万仞山者，凉州之贺兰山脉，远接天山，见地之荒远，故春光不度也。其言一片孤城者，以孤城喻孤客，故羌笛吹怨也。后二句言莽莽山河，本皇恩所不被，犹春光之不度。玉关杨柳，亦同苦春寒。托羌笛以寄愁者，何必错怨杨枝不肯依依向客耶？此诗前二句之壮采，后二句之深情，宜其传遍旗亭，推为绝唱也。

江畔独步寻花（二首）——杜甫

其一

黄师塔前江水东，春光懒困倚微风。
桃花一簇开无主，可爱深红爱浅红。

其二

黄四娘家花满蹊，千朵万朵压枝低。
流连戏蝶时时舞，自在娇莺恰恰啼。

少陵诗雄视有唐，本不以绝句擅名，而绝句不事藻饰，有幅巾独步之概。此二诗在江畔行吟，不问花之有主无主，逢花便看。黄师塔畔，评量深浅之红；黄四娘家，遍赏万千之朵。人既闲雅，故诗自有闲雅之致。

和严郑公军城早秋——杜甫

秋风袅袅动高旌，玉帐分弓射虏营。
已收滴博云间戍，更夺蓬婆雪外城。

严武镇蜀，与少陵相知最深。严亦能诗者，与之酬唱，当是经意之作。首句言牙旌风动，写早秋之景色也。次句玉帐分弓，言军城之兵略也。后二句承第二句言，云开滴博，已归亭障之中；

雪满蓬婆，更夺康輶之隘。西南建绩，等于裴岑之天山纪功。二句作对语，笔力雄厚，乃少陵之本色。

解闷——杜甫

复忆襄阳孟浩然，清诗句句尽堪传。

即今耆旧无新语，漫钓槎头缩项鳊。

以少陵交游之广，而排闷诗中，独数襄阳。其怀李白，则称其清新俊逸。其怀襄阳，则称其句句堪传，非但交情之厚，且深佩其才。故其第三句云即今耆旧中，如襄阳者已不可得，若论新诗，如其句句堪传者，更属绝无矣。寂寥谁语，且向溪头垂钓，得缩项鳊鱼，姑谋一醉，即其解闷之事也。

戏为绝句——杜甫

才力应难跨数公，只今谁是出群雄。

或看翡翠兰苕上，未掣鲸鱼碧海中。

此少陵论诗绝句也。己之能力所及，并世之作手，以及诗境之浅深，皆寓于四句之内。首句谓己之才力，虽当仁不让，而未能跨越数公之上。数公者不知何指，其太白、右丞、襄阳诸人乎？次句谓己固力有未逮，盱衡当世，余子落落，谁足当出群之雄？

后二句紧接次句，谓今之作者，文采华赡，若翡翠戏于兰苕之上，或有其人；但精美有之，而广大不足，若论才力雄伟，若掣长鲸于碧海中者，殆无其人。慨出群才之难得也。韩昌黎诗：赤手拔鲸牙，举杓酌天浆。谓诗人思想之高深，其深处如入沧海而拔鲸牙，其高处如举北斗而酌天浆。有此才力，方可雄视一代。少陵故有才难之叹也。

江南逢李龟年——杜甫

> 岐王宅里寻常见，崔九堂前几度闻。
> 正是江南好风景，落花时节又逢君。

少陵为诗家泰斗，人无闲言，而皆谓其不长于七绝。今观此诗，余味深长，神韵独绝，虽王之涣之黄河远上，刘禹锡之潮打空城，群推绝唱者，不能过是。诗谓天宝盛时，龟年以供奉之余，为朱门宾客，见其迹者，在岐王大宅，闻其声者，在崔九高堂，其声名洋溢乎长安。乃兵火余生，飘零江左，当日丁歌甲舞，曾醉昆仑，此时铁板铜琶，重游南部，其遭遇之枯菀顿殊。而己亦芒鞋赴蜀，雪涕收京，饱经离乱。今值落花时节，握手重逢，江潭之凄怆可知矣。此诗以多少盛衰之感，千万语无从说起，皆于"又逢君"三字之中，蕴无穷酸泪。可知杜集中绝句无多者，乃不为也，非不能也。

三日寻李九庄——常建

雨歇杨林东渡头，永和三日荡轻舟。

故人家在桃花岸，直到门前溪水流。

诗言当修禊良辰，杨枝过雨，风日晴美，思寻访故人。由渡头自荡小舟，沿溪而往，遥见桃花深处人家，即故人住屋。溪流一碧，直到门前，可谓如此家居俨若仙矣。万首绝句中，录常建二诗，其《送宇文》云：花映垂杨汉水清，微风林里一枝横。只今江北还如此，愁煞江南离别情。虽用转笔，以江南江北，相映生情，不及此诗得天然韵致。

除夜——高适

旅馆寒灯独不眠，客心何事转凄然。

故乡今夜思千里，霜鬓明朝又一年。

绝句以不说尽为佳。此诗三四句，将第二句何事凄然之意说尽，而亦耐人寻味。三句因除夜而怅故乡之不能团聚，或谓故乡亲友，在千里外思我，意尤婉挚。四句因元旦，而有去日苦多来日少之感，语似说尽，而意仍不尽。若岑嘉州《在玉关寄长安主簿》诗云：东去长安万里余，故人何惜一行书。玉关西望肠堪断，况复明朝是岁除。亦是因除夜感怀，而兼忆友也。高诗后二句，以流水对句作收笔，尤为自然。

送刘判官赴碛西行军——岑参

> 天山五月行人少，看君马去疾如鸟。
> 都护行营太白西，角声一动胡天晓。

首二句言天山当五月之时，黄沙烈日，绝少行人，判官独一骑西驰，迅于飞鸟。其豪健气概，不让王尊叱驭。后二句言，所赴行营，远在太白之西，想其在军幕内，闻角声悲奏，正胡天破晓之时。诗意止此，而绝域之军声，思家之远念，自在言外。

绝句中意义神韵音节，各有所长。此诗用仄韵，故音节弥觉高亮。高达夫《营州歌》云：营州少年厌原野，狐裘蒙茸猎城下。虏酒千钟不醉人，胡儿十岁能骑马。写塞外情状，诗用仄韵，其音节亦殊抗健。

碛中作——岑参

> 走马西来欲到天，辞家见月两回圆。
> 今夜不知何处宿，平沙万里绝人烟。

凡塞外行役者，多言恋阙思家之意。李陵所谓"胡笳夜动，牧马悲鸣，皆足助人忉怛"也。此诗但言沙碛苍茫，而回首中原，自有孤客投荒之感。首二句言策骑西来，已月圆两度，而长征未已，几欲至天尽处。后二句申足上意，言此去宵枕抱鞍，料无宿处，则碛中黄云白草外，绝无人迹可知矣。

赴北庭度陇思家——岑参

西向轮台万里余，也知乡信日应疏。

陇山鹦鹉能言语，为报家人数寄书。

诗言西去轮台，距家万里，明知音书不达，欲催促而无从，适见陇山鹦鹉，姑设想能言之鸟，传语家人。沈归愚谓其心曲而苦，盖极写无聊之思也。往昔邮筒多阻，驿使稀逢，如"紫燕西来欲寄书""阆苑有书多附鹤""喜鹊随函到绿萝"等句，皆托想灵禽，冀传尺素。不仅河鱼天雁，为两地离人，达相思于万一也。

山房春事——岑参

梁园日暮乱飞鸦，极目萧条三两家。

庭树不知人去尽，春来还发旧时花。

当秾春花好之时，家人携手，良友寻芳，美景良辰，当日匆匆过却。追情随事迁，旧地经过，春花仍发，每以之兴怀。此意后人袭用者多，嘉州实为绝唱。姚惜抱诗：昔年同种阶前树，今日花开掩泪看。虽不外岑诗之意，而诵之凄婉欲绝。

封大夫破播仙凯歌——岑参

日暮辕门鼓角鸣，千群面缚出蕃城。
洗兵鱼海云迎阵，秣马龙堆月照营。

　　嘉州边塞诗，向推独步。上二句言辕门吹角，生缚降蕃，纪
破播仙之功也。后用对句收束，鱼海龙堆，词采壮丽，与少陵之
《军城早秋》诗格调相似，皆极沉雄之致。

送李侍郎赴常州——贾至

雪晴云散北风寒，楚水吴山道路难。
今日送君须尽醉，明朝相忆路漫漫。

　　唐人送友诗多矣。此诗直抒胸臆，初无深曲之思，而恋别情
多，溢于楮墨。诗言当霁雪严风之际，赴吴山楚水之遥，明知酒
入愁肠，强为笑语。但明日挂帆，谁伴漫漫长路；今朝把臂，尚
同娓娓清谈。且尽十觞，胜于别后千行书札也。后二句，与王右
丞之"劝君更尽一杯酒，西出阳关无故人"词意极相似。平子言
愁，文通恨别，今古同怀。

过融上人兰若——綦毋潜

山头禅室挂僧衣，窗外无人溪鸟飞。
黄昏半在下山路，却听钟声连翠微。

　　诗言上人兰若所在，托地既高，境复幽静。首句言寂寂禅房，但见僧衣挂壁。状室中之静也。次句言窗外足音不到，时有溪鸟飞鸣，等忘机之鸥鹭。状室外之静也。后二句言黄昏出寺，将下半山，仰望兰若，已暮云回合，唯远听钟声，出翠微深处。状寺之高也。凡涉胜境者，身在其中，若与之相忘，及回首名山，如玉井樊桐之在上界。李白《下终南山》诗：却顾所来径，苍苍横翠微。与此诗同意。

山中留客——张旭

山光物态弄春辉，莫为轻阴便拟归。
纵使晴明无雨色，白云深处亦沾衣。

　　诗就山居所见，举以告客。若谓君勿讶云气蒙蒙，天阴欲雨，急欲下山；此间纵晴霁，亦云气沾衣，长日与烟云为伴，非关山雨欲来。城市中人，所稀见也。凡游名山者，每遇云起，咫尺外不辨途径，襟袖尽湿，知此诗写山景之确。

军城早秋——严武

昨夜秋风入汉关，朔云边月满西山。

更催飞将追骄虏，莫遣沙场匹马还。

郑公在蜀，唐代节镇之有声者。此诗在军城，与少陵同赋。贤主嘉宾，极酬丽唱妍之乐。上二句气势雄阔。后二句有誓扫匈奴之概，如王昌龄之"不破楼兰终不还"。少陵和郑公之"更夺蓬婆雪外城"，虽皆作豪语，而非手握军符。此作出自郑公，则以雄镇西南之上将，惠安西表，非异人任。投征虏壶中之箭，试睢阳架上之书，形诸歌咏，弥见儒将英风也。

怨歌——薛维翰

百尺朱楼临狭斜，新妆能唱美人车。

皆言贱妾红颜好，要自狂夫不忆家。

首句言朱楼百尺，见其托身之高。次句言能仿时世新妆，更能作美人清唱，见其色艺之兼工。三句言阳城下蔡，倾动一时，众口皆然，初非自炫其美。四句言有如是天生丽质，浪游夫婿，宜早挂归帆，而留滞天涯，若悠悠之云鹤。通首着眼，在第四句之"要自"二字，故作揣测不解之辞，不言其当垆之别恋，与秋扇之长捐，但言其绝不忆家，正写怨之深也。

春行寄兴——李华

宜阳城下草萋萋，涧水东流复向西。

芳树无人花自落，春山一路鸟空啼。

五绝中，如王右丞之《鸟鸣涧》诗，《辛夷坞》诗，言月下鸟鸣，涧边花落，皆不涉人事，传神弦外。七绝中此诗亦然。首二句言，城下之萋萋草满，城外之流水东西，皆天然之致。后二句言，路转春山，屐齿不到，一任鸟啼花落，送尽春光。诗题标以"春行寄兴"，殆万物静观皆自得也。若元微之见桃花自落，感连昌之故宫，刘长卿因啼鸟空闻，叹六朝之如梦，同是花落鸟啼，寓多少兴亡之感。此作不落形气之中，忘怀欣戚矣。

欸乃曲——元结

湘江二月春水平，满月和风宜夜行。

唱桡欲过平阳戍，津吏相呼问姓名。

桡歌与竹枝词相似，就眼前景物，随意写之。此诗赋夜行船，首言行舟之地，次言行舟之时。后二句言榜人摇橹作歌，将过平阳之戍，津吏以宵行宜诘，呼问姓名，乃启关放客。此水程恒有之事，作者独能写出之。

登楼寄王卿——韦应物

踏阁攀林恨不同，楚云沧海思无穷。

数家砧杵秋山下，一郡荆榛寒雨中。

首句言不能偕友登临。次句言楚云沧海，两地分居。后二用对句，言登楼所闻者，数家村屋响断续之秋砧，所见者，一郡荆榛隐迷之寒雨。写萧寥之景色，而怀人惆怅，自见诗中。

休日访人不遇——韦应物

九日驱驰一日闲，寻君不遇又空还。

怪来诗思清人骨，门对寒流雪满山。

凡作访友不遇诗，每言相思不见，相望如何之意。此诗首句自述，第二句言不遇空还，意已说尽。后二句，写景而不言情，但言其友所居之地，水抱山环，已称胜境，况水则清流溅玉，山则万树飞琼。曰寒流，曰雪满，皆加倍写法，宜清味之沁入诗骨矣。作诗者既清超如是，则长住此间之友，非俗子可知。

登宝意上方——韦应物

翠岭香台出半天，万家烟树满晴川。
诸僧近住不相识，坐听微钟忆往年。

凡赋山寺者，每喜咏钟声，以表其幽逸之趣。设想在万山中深藏萧寺，下方过客，闻钟声出云际，令人悠然有高世之想。常建诗"唯闻钟磬音"，王维诗"深山何处钟"，皆藉闻钟以传其幽韵也。此诗首句，言宝意上方之高。二句言登高所见，闾阎扑地，烟树万家，映如带之晴川，全归一览。首句点题，次句写景。后二句乃言往年远听微钟，意谓必有招提胜境在翠微间，今见诸僧，始知所居不远，觉相访恨晚也。

送刘萱之道州谒崔大夫——刘长卿

沅水悠悠湘水春，临歧一望一沾巾。
信陵门下三千客，君到长沙见几人。

前二句写送友赴楚之别意。后二句言昔者信陵门下，宾客三千，今至崔大夫所，能见者几人？其人才之寥落可知。凡送友往佐幕府，宜言地主之贤，龙门增价，此诗乃有抑塞不平之气。唐代达官，多礼贤下士，岂提挈后进之风，已稍稍陵替乎？

送李判官之润州行营——刘长卿

万里辞家事鼓鼙，金陵驿路楚云西。
江春不肯留行客，草色青青送马蹄。

起二句叙别意，题之本位也。后言草色青青，无情送客，若江春之不肯留行。就诗句论之，有春草碧色，送君南浦之思。但观其首句云"万里辞家"，则客游殊有苦衷。殆京洛贵人，不加延揽，乃远役谋生。故三句言江春不留行客，盖有所指也。

归雁——钱起

潇湘何事等闲回，水碧沙明两岸苔。
二十五弦弹夜月，不胜清怨却飞来。

作闻雁诗者，每言旅思乡愁。此诗独擅空灵之笔，殊耐循讽。首句故作问雁之词，起笔已不着滞相。次句言水碧沙明，设想雁之来处。后二句言值秋宵凉月，冰弦弹彻之时，正清怨盈怀，适有一行归雁，流响云天。雁声与弦声，并作清愁一片。着眼处，在第四句之"却"字，人与雁合写，无意而若有意，可谓妙语矣。

王舍人竹楼——李嘉祐

傲吏身闲笑五侯，西江取竹起高楼。
南风不用蒲葵扇，纱帽闲眠对水鸥。

自宋王禹称作《黄冈竹楼记》，曲尽其致，竹楼之名始著。而在唐代，王舍人已有西江取竹之举，钱起亦有赠诗，仅言其逸趣，而未详其制。凡山居者，多叠石为屋。泽居者，每架竹为楼。楚江畔竹制钓楼，有高数丈者，但无人采入诗文耳。诗言舍人高卧竹楼，堪称吏隐。江上凭阑，闲挥葵扇，已闲适可羡。况南风送爽，并蒲葵而不用。纱帽隐囊，对忘机鸥鸟，更无尘起污人，劳元规之障面，宜舍人笑傲五侯矣。

题虔上人壁——李嘉祐

诗思禅心共竹闲，任他流水向人间。
手持如意高窗里，斜日沿江千万山。

赠方外之诗，不难于作出世语，而难于在空际落笔，自有尘视大千之概。首句言此心与竹同闲，已见赠诗本意。次句申言之，一任门前流水，日夜奔驰，向人间而去，而禅心如如不动。三句专咏上人，手持如意，状意态超逸也；身倚高窗，言俯视一切也。四句承三句而言，高窗所见，唯有沿江千万峰峦，与天末白云，参差竞出。所谓"人间多少兴亡事，不值青山一笑看"。上人高倚江楼，任万劫华鬘，飞腾过眼耳。

送齐山人——韩翃

旧事仙人白兔公，掉头归去又乘风。
柴门流水依然在，一路寒山万木中。

首二句言山人所往之处，即白兔公隐居旧地。今山人又乘风归去，遥接仙踪。三句言仙人已去如黄鹤，唯流水柴门，犹是当年风景耳。四句意谓世人所驰鹜者，五都名利之场，山人乃向寒山万木，拨烟霞而进影，与渔父之掉头入海，同为避世高踪。结句仅言一路景物，而诗意自见，妙在不说尽也。

寒食——韩翃

春城无处不飞花，寒食东风御柳斜。
日暮汉宫传蜡烛，轻烟散入五侯家。

首句言处处飞花，见春城之富丽也。次句言东风寒食，纪帝京之佳节也。三句言汉宫循寒食故事，赐烛近臣。四句言侯家拜赐，轻烟散处，与佳气同浮。二十八字中，想见五剧春浓，八荒无事。宫廷之闲暇，贵族之沾恩，皆在诗境之内。以轻丽之笔，写出承平景象，宜其一时传诵也。

江南曲——韩翃

> 长乐花枝雨点消，江城日暮好相邀。
> 朱楼不闭葳蕤锁，渌水斜通宛转桥。

首二句言雨过芳林，江城日暮，乃啸侣命俦而出。纪春游之事也。后二句以风景论，所谓朱楼不锁者，江南烟户繁庶，风日和暖，高门华屋，每长日启扉；所谓渌水斜通者，江南河港纷歧，桥梁跨水，所在皆是也。以诗意论，葳蕤不锁，则非重帷深下可知；宛转通桥，则银汉盈盈，初不待雕陵鹊驾。题曰"江南曲"，作者其有绮思乎？或有所讽乎？

赠李冀——韩翃

> 王孙别舍拥朱门，不羡空名乐此身。
> 门外碧潭春洗马，楼前红烛夜迎人。

以京朝达官，宜尽致身之义。此诗叙其游宴之乐，殆有讽刺意乎？首句言，拥朱轮而赴别舍，如窦婴别业之在蓝田。次句言，宁舍荣名，但谋此身娱逸，杨恽所谓人生行乐耳。后二句写其别舍豪华，门外则碧潭如镜，洗濯骅骝；楼前则红烛高烧，迷离人影。实叙其行乐之状也。韩翃又有《酬张千牛》诗云：蓬莱阙下事天家，上路初回白鼻𬴂。细管昼催平乐酒，春衣夜宿杜陵花。前二句但言退朝而归。后二句言昼则细管飞声，樽前顾曲，夜则春衣称体，花下酣眠，亦以对句作收笔。叙行乐之事，与《赠李冀》诗相似，但赠李则句含讽意，酬张则平叙耳。

送魏十六——皇甫冉

秋夜沉沉此送君，阴虫切切不堪闻。

归舟明日毗陵道，回首姑苏是白云。

首二句叙送别情景。后二句不言己之望友，而从友着想，言归至毗陵，回首话别之地，不见吴门烟树，唯见天末白云一片。写友之离情无际，则己之怀友可知。此诗情韵均佳，若韩翃《送人之鄂州》云：春风落日谁相见，青翰舟中有鄂君。仅言鄂君绣被事耳。《送人之潞州》云：佳期别在春山里，应是人参五叶齐。仅言地产人参耳。均嫌意浅，而无送别之情。可见送友诗，贵有情意也。

岩岭西望——皇甫冉

汉家仙仗在咸阳，碧水东流出建章。

野老至今犹望幸，离宫秋树独苍苍。

首二句言帝京所在。后二句意谓长安棋局，万事更新，安能再返虞渊之日。乃野老无知，犹望继开元之盛，重驻翠华。而宫观全非，唯有千章大树，吟风映日而已。以少陵阅世之深，而曲江之金钱盛会，尚冀重逢。抚今追昔，人有同情。彼江头野老，扶杖田间，空忆汉家仙仗，亦可悲矣。

夜上受降城闻笛——李益

> 回乐峰前沙似雪，受降城外月如霜。
> 不知何处吹芦管，一夜征人尽望乡。

对苍茫之夜月，登绝塞之孤城，沙明讶雪，月冷疑霜，是何等悲凉之境。起笔以对句写之，弥见雄厚。后二句申足上意，言荒沙万静中，闻芦管之声，随朔风而起，防秋多少征人，乡愁齐赴。则己之郁伊善感，不待言矣。李诗又有《从军北征》云：天山雪后海风寒，横笛偏吹行路难。碛里征人三十万，一时回首月中看。意境略同。但前诗有夷宕之音，北征诗用抗爽之笔，均佳构也。

边思——李益

> 腰垂锦带佩吴钩，走马曾防玉塞秋。
> 莫笑关西将家子，只将诗思入凉州。

此咏边将之多才，在塞下诗中，别开格调。首句言戎容之整肃，次句言征戍之辛劳。后二句言，莫笑其豪健为关西将种，能载满怀诗思，西入凉州，听水听风，谱绝域霓裳之调；更能防秋走马，独著边功。随陆能武，绛灌能文，此君兼擅之。

写情——李益

冰纹珍簟思悠悠，千里佳期一夕休。

从此无心爱良夜，任他明月下西楼。

诗题曰"写情"，实即崔国辅怨词之意，因此生已休，虽有余情，不抵深怨也。首二句言，冰簟夜凉，悠悠凝思，相思千里，正在抡指佳期，乃方期鸾镜之开，遽断鹊桥之望。故后二句写其怨意，谓璧月团圞，本期双照，而此后良宵，已成独旦，则无情明月，一任其西下楼头耳。

听晓角——李益

边霜昨夜堕关榆，吹角当城片月孤。

无限塞鸿飞不度，秋风吹入小单于。

首句谓严霜一夕，榆林万叶，飞堕关前，时在破晓之前。次句言霜天拂晓，有独立城头寒吹画角者。用"当"字固妙，接以"片月孤"三字，尤善写苍莽之神，宜其佳句流传，播为图画也。后二句之意，或谓无限塞鸿，闻角声悲奏，回翅南飞，声音之感物，如六马仰秣，游鱼出听也。或谓地处极边，更北则为小单于之境，塞鸿避其严寒，至此不能飞度，唯有鸣咽角声，随秋风远送，吹入单于。此两层之意，皆极言边地荒寒，而征人闻角生悲，不言而喻矣。

古艳词——卢纶

自拈裙带结同心，暖处偏知香气深。

爱捉狂夫问闲事，不知歌舞用黄金。

艳歌每言情思，此独写其憨侈之状，银篦击碎，酒污罗裙，恬不知惜也。首句言同心绾结，但知情爱之深。乃写其心事。次句言玉软香温，终日在锦帷暖处。乃写其居室。后二句言所昵者狂夫，所问者闲事，绝不解黾勉田居之当务，焉知翠舞珠歌，皆黄金所换得，乃用若泥沙而不惜。彼秦淮名妓，久不闻碎玉之声，虽亦娇侈语，较此差有风趣也。

宫中乐——卢纶

台殿云凉秋色微，君王初赐六宫衣。

楼船泛罢归犹早，行遣才人斗射飞。

首二句言云凉台殿，秋意初生，六宫已拜赐衣之宠。后二句言液池晴涨，戏泛楼船，极中流箫鼓之娱。归时尚早，更遣才人，射飞逐走，盘游无度，不闻折槛之争，较"晋阳已陷休回顾，更请君王猎一回"仅差胜一筹。羽猎河南，十旬不返，此诗盖有规谏之意也。

曲江春望——卢纶

> 菖蒲翻叶柳交枝，暗上莲舟鸟不知。
> 更到无花最深处，玉楼金殿影参差。

首句言曲江春望，低处所见者，菖蒲翻叶，高处所见者，杨柳交枝。次句言禁地清肃，游人不到，兰桡轻放，而水鸟不知。后二句言，深处为紫宸所在，严净无尘，唯见波涵明镜，玉楼金殿，皆倒影水中，参差荡漾。此诗虽无深意，而当日曲江风景，可想其大概。

峡口送友——司空曙

> 峡口花飞欲尽春，天涯去住泪沾巾。
> 来时万里同为客，今日翻成送故人。

唐人送友诗，最善言情，诵之觉言愁欲愁。司空此作，于后二句用折笔，言驱车万里，同是征人，今日翻成送别，君去我孤，倍难为别。与"未知何岁月，得与尔同归"及"无端更渡桑干水，却望并州是故乡"诸作，其诗境皆转深一层，情味弥永。

柏林寺南望——郎士元

溪上遥闻精舍钟，泊舟微径度深松。
青山霁后云犹在，画出西南四五峰。

诗仅平写寺中所见，而吐属蕴藉，写景能得其全神。首二句言闻钟声而寻精舍，泊舟山下，循小径前行，松林度尽，方到寺门。在寺中登眺，霁色初开，湿云未敛，西南数峰，已从云隙参差而出，苍润欲滴。诵此诗如展秋山晚霁图，所谓"欲霁山如新染画"也。

征人怨——柳中庸

岁岁金河复玉关，朝朝马策与刀环。
三春白雪归青冢，万里黄河绕黑山。

四句皆作对语，格调雄厚。首二句言岁岁在穷荒之地，朝朝与刀马为缘。后二句言正芳序三春，而青冢寻碑，仍是茫茫白雪；长征万里，而黑山立马，唯见浩浩黄河。诗题为"征人怨"，前二句言情，后二句写景，而皆含怨意。嵌青、白、黄、黑四字，句法浑成。

送别——冷朝阳

采菱歌怨木兰舟，送客销魂百尺楼。
还似洛妃乘雾去，碧天无际水空流。

诗为送红线而作，当是歌妓之流。有美一人，菱歌罢唱，高
鬟拥雾，罗袜凌波，驾莲叶轻舟，乘风竟去。剩有销魂者，倚百
尺高楼，望流水悠悠，碧天无际耳。诗不专写离别之情，而拟以
洛妃之灵迹，情韵殊长。

枫桥夜泊——张继

月落乌啼霜满天，江枫渔火对愁眠。
姑苏城外寒山寺，夜半钟声到客船。

枫桥在吴郡阊门外，距寒山寺甚近。首句言泊舟之时。次句
言旅客之怀。后二句言夜半而始泊舟，见客子宵行之久；寺中尚
有钟声，见山僧夜课之勤。作者不过夜行纪事之诗，随手写来，
得自然趣味。诗非不佳，然唐人七绝，佳作林立，独此诗流传日
本，几妇稚皆习诵之，诗之传与不传，亦有幸有不幸耶？

春怨——刘方平

纱窗日落渐黄昏，金屋无人见泪痕。
寂寞空庭春欲晚，梨花满地不开门。

凡作宫怨闺怨诗者，深院无人，花开花落，此意最易想到，几成习见语。然在中唐人作之，初非沿袭。首二句言黄昏窗下，虽贵居金屋，时有泪痕。李白诗：但见泪痕湿，不知心恨谁。愁深泪湿，尚有人窥，此则于寂无人处，泪尽罗巾，愈可悲矣。后二句言本甘寂寞，一任春晚花飞，朱门深掩，自嗟薄命，安有余绪怜花。结句不事藻饰，不诉幽怀，淡淡写来，而春怨自见。

宫词——顾况

玉楼天半起笙歌，风送宫嫔笑语和。
玉殿云开闻夜漏，水晶帘卷近秋河。

首二句言笑语笙歌，传从空际，当是咏骊山宫殿，故远处皆闻之。后二句但言风传玉漏，帘卷银河，而霓裳歌舞，自在清虚想象之中。此诗采入《长生殿》传奇，哀丝豪竹之场，至今传唱。作者兴到成吟，当不料千载下长留余韵也。

湘南即事——戴叔伦

卢橘花开枫叶衰，出门何处望京师。

沅湘日夜东流去，不为愁人住少时。

首言湘南秋老，遥望京华，欲归不得，写出本意。后二句有两层意，或谓沅湘东去，不得与之同行；或谓如此秋江碧水，不肯尺波小住，伴我愁人，乃日夜飞流而去。只以相伴盼无情之水，则一身之寥寂，谁复顾之耶？

题开圣寺——李涉

宿雨初收草木浓，群鸦飞散下堂钟。

长廊无事僧归院，尽日门前独看松。

游山寺者，每喜言其静趣。此纪开圣寺所见，积雨初晴，草木皆浓青可爱。其时阇黎钟响，饭罢下堂，得食群鸦，纷飞四散，已见香林之静。后二句言长廊行尽，更不逢僧，已归院各修禅诵。客子独游泉石，唯见门外古松，参天黛色，享名山之岁月，抱耐冷之贞心。抚孤松而盘桓者，能尽日相看不厌，当别有会心，不仅言寺中静趣也。

宿武关——李涉

远别秦城万里游，乱山高下入商州。
关门不锁寒溪水，一夜潺湲送客愁。

凡临水寄怀者，或借水以写离情，或借水以书客感，而用笔各殊。戴叔伦诗，言湘水东流，不为愁人少住。此诗言武关之水，但送客愁，皆因一片乱愁，更无着处，但能怨流水无情耳。若严维诗：日晚江南望江北，寒鸦飞尽水悠悠。亦临水寄怀，而不落边际，自有渺渺余怀之感也。武关在蜀道峻险处，水从万山中夺路而出，故第三句以"不锁"二字状之。客子孤眠，竟夕听溪声喧枕，故第四句以潺湲一夜状之，情景俱到。

过华清宫——李约

君王游乐万几轻，一曲霓裳四海兵。
玉辇升天人已尽，故宫犹有树长生。

唐代开元之盛，天宝之乱，诗人恒以入咏。此诗言玄宗但知游乐，一曲霓裳，遂郊生戎马，显加指斥之词。后二句言，百战收京，而龙去鼎湖，旧人都尽，当日长生殿畔，密誓虚存，不若碧树凌霜，幸逃劫火，尚留得故宫遗迹也。

春兴——武元衡

杨柳阴阴细雨晴，残花落尽见流莺。
春风一夜吹乡梦，梦逐春风到洛城。

诗言春尽花飞，风吹乡梦，虽寻常意境，情韵自佳。三四句，乡梦春风，循环互用，句法颇新。与金昌绪"打起黄莺儿"诗，同是莺啭梦回，语皆婉妙。明末柳线女史诗：今夜春江又花月，东风吹梦小长干。用意与武诗同，其神韵皆悠然不尽也。

听歌——武元衡

月上重楼丝管秋，佳人夜唱古梁州。
满堂谁是知音者，不惜千金与莫愁。

高楼月满，弦管风飘，有翠袖佳人，按梁州一曲。其时长筵饷客，青紫照眼，而金樽檀板之场，但解征歌，希逢真赏，以黄金相赠者，绝无其人。夫出琴材于爨下，谁是中郎，市骏骨于台前，难寻伯乐。沦落自伤者，不仅临颍美人，感绛唇之寂寞也。

湘中酬张功曹——韩愈

休垂绝徼千行泪，共泛清湘一叶舟。
今日岭猿兼越鸟，可怜同听不知愁。

诗言同是天涯薄宦，休嗟绝徼之遥，且纵清游之乐。我与君哀怨等于岭猿，飘泊侪于越鸟，扁舟同听，相顾惘然。彼无知之猿鸟，不自哀其蛮荒栖泊，安能知迁客之愁？只为单枕清宵，搅人乡梦耳。

和李司勋连昌宫——韩愈

夹道疏槐出老根，高甍巨桷压山原。
宫前遗老来相问，今是开元几叶孙？

诗至中唐，才力渐薄。昌黎为之起衰，虽绝句而有劲朴之气。首二句，咏前朝遗构：低处见者，夹道古槐，老根四出；高处见者，分岩绝壑，甍桷巍然。不事饰句，而能确写离宫残状。后二句言，尚有白头野老，闻长安棋局更新，问今之当阳者，为开元几叶之孙。野老身经理乱，追念故君，兼怀盛世，皆于一问中见之，其寄慨深矣。

晚次宣溪酬张使君——韩愈

潮州南去接宣溪，云水苍茫日向西。
客泪数行先自落，鹧鸪休傍耳边啼。

诗言迁客南荒，溪云向晚，正青衫泪湿之时，恼人之鹧鸪，勿耳畔凄啼，搅人愁思。此诗在他人作之，不外恨别鸟惊心之意；在昌黎则一封朝奏，夕贬潮阳，感物兴怀，拳拳君国，若屈原之感鸣鸠，宋玉之叹鹍鸡，皆藉寓忠爱之忱。昌黎亦同此感也。

桃林夜贺晋公——韩愈

西来骑火照山红，夜宿桃林腊月中。
手把命珪兼相印，一时重叠赏元功。

诗纪晋公奏凯事也。时当腊月，夜次桃林，遥见腾骧羽骑，炬火齐明，乃使节西来。以晋公元勋伟绩，进三台之席，超万户之封，手把元珪金印，懋赏叠颁。昌黎此诗，与和晋公之“将军旧压三司贵，相国新兼五等崇”，用意同而用笔不同，皆纪殊荣，初无溢美。昌黎尚有《次潼关先寄张阁老》诗云：刺史莫辞迎候远，晋公新破蔡州回。露布甫驰，新诗已到。五十载逋寇荡平，宜其兴会之高也。

酬曹侍御——柳宗元

破额山前碧玉流，骚人遥驻木兰舟。
春风无限潇湘意，欲采蘋花不自由。

柳州之文，清刚独造，诗亦如之。此诗独淡荡多姿，可入唐人三昧集中。首二句，叙明与友酬唱之地。后言潇湘云水，无限低回，欲采蘋花，不自知其何以。楚辞云：折芳馨兮遗所思。柳州此作，其灵均嗣响乎？集中近体，皆生峭之笔，不类此诗之含蓄也。

石头城——刘禹锡

山围故国周遭在，潮打空城寂寞回。
淮水东边旧时月，夜深还过女墙来。

梦得赋西塞山诗，元白皆为敛手，称其探骊得珠。此作在金陵怀古诗中，亦推绝唱。石头城前枕大江，后倚钟岭。前二句潮打山围，确定为石城之地，兼怀古之思，非特用对句起，笔势浑厚也。后二句谓六代繁华，灰飞烟灭，唯淮水畔无情明月，夜深冉冉西行，过女墙而下。清辉依旧，而人事全非，登城吟望者，宜叹息弥襟矣。

乌衣巷——刘禹锡

朱雀桥边野草花，乌衣巷口夕阳斜。
旧时王谢堂前燕，飞入寻常百姓家。

朱雀桥、乌衣巷，皆当日画舸雕鞍，花月沉酣之地。桑海几经，剩有野草闲花，与夕阳相妩媚耳。茅檐白屋中，春来燕子，依旧营巢，怜此红襟俊羽，即昔时王谢堂前，杏梁栖宿者，对语呢喃，当亦有华屋山丘之感矣。此作托思苍凉，与《石头城》诗，皆脍炙词坛。刘之金陵怀古诗中，尚有《江令宅》一首，逊此二诗也。

与歌者米嘉荣——刘禹锡

唱得凉州意外声，旧人唯数米嘉荣。
近来时世轻先辈，好染髭须事后生。

凉州之曲传自西域，天宝后流传日少。忽闻旧人米嘉荣能唱，故首句言意外声也。后二句言，新陈代谢，三五少年，辄轻视先辈。顿杨场屋，老境堪怜，只应濡染白须，效少年之涂抹。吴梅村诗云：四海新知笑白头。岂独观河面皱之感耶！

与歌者何戡——刘禹锡

二十余年别帝京，重闻天乐不胜情。
旧人唯有何戡在，更与殷勤唱渭城。

诗谓舳舻前梦，悠悠二十余年，家令重来，春婆梦醒，重闻天乐，不禁泪湿青衫。后二句谓甫惘惘之相看，又匆匆之录别。同调无多，为唱一曲渭城，殷勤致意。耆旧凋零，因何郎而重有感矣。

听旧宫人穆氏唱歌——刘禹锡

曾随织女渡天河，记得云间第一歌。
休唱贞元供奉曲，当时朝士已无多。

诗以织女喻妃嫔，以云间喻宫禁。白头宫女，如穆氏者，曾供奉掖庭。岁月不居，朝士贞元，已稀如星凤。解听清平旧调者，能有几人？梦得闻歌诗，凡三首，赠嘉荣与何戡，皆专赠歌者，此则兼有典型之感。杜少陵所谓佳人锦瑟，别殿曾游；钱牧斋所谓甲舞丁歌，春华如梦，宫墙撅笛之声，不堪重听矣。

踏歌词（二首）——刘禹锡

其一

春江月出大堤平，堤上女郎连袂行。

唱尽新词欢不见，红霞映树鹧鸪鸣。

其二

桃蹊柳陌好经过，灯下妆成月下歌。

为是襄王故宫地，至今犹是舞腰多。

　　踏歌词，每多美人香草之思。此二词之前半首，皆音节谐婉，雅宜雏鬟三五，联臂而歌也。上首后二句，谓翠袖歌残，而青骢人远，不若啼树鹧鸪，犹得藉散绮余霞，映其锦羽。乃言女郎之情思。次首后二句，谓楚峡云娇，为襄王之旧地，束素纤腰，迁延顾步，犹如往日宫妆。乃言女郎之身态。二诗为踏歌者写其情状也。

堤上行——刘禹锡

酒旗相望大堤头，堤下连樯堤上楼。

日暮行人争渡急，桨声鸦轧满中流。

　　《堤上行》与《踏歌词》，音节相似，但踏歌每言情思，此则写其景耳。首二句言酒楼临水，帆影排樯。写堤上所见。后二句言薄晚渡头之景。孟浩然鹿门诗以"渡头争渡喧"五字状之，此则衍为绝句，赋其景并状其声，较"野渡无人舟自横"句，喧寂迥殊矣。

竹枝词（六首）——刘禹锡

其一

白帝城头春草生，白盐山下蜀江清。
南人上来歌一曲，北人莫上动乡情。

此蜀江竹枝词也。首二句言夔门之景，以叠字格写之，两用"白"字，以生韵趣。犹"白狼山下白三郎"，亦两用"白"字。诗中偶有此格。后二句言，南人过此，近乡而喜。北人溯峡而上，则乡关愈远，乡思愈深矣。登白帝城而望，滟滪堆边，历历帆樯，不知多少征人愁风愁水也。

其二

山桃红花满上头，蜀江春水拍山流。
花红易衰似郎意，水流无限似侬愁。

前二句言，仰望则红满山桃，俯视则绿浮江水，亦言夔峡之景。第三句承首句山花而言，郎情如花发旋凋，更无余恋。第四句承次句蜀江而言，妾意如水流不断，独转回肠。隔句作对偶相承，别成一格，《诗经》比而兼兴之体也。

其三

日出三竿春雾消，江头蜀客驻兰桡。

凭寄狂夫书一纸，住在成都万里桥。

首二句纡徐取势，雾消日出，江上停桡，先言蜀客之在夔门。后乃转笔，述思妇之语。称曰狂夫者，怨词也。若谓千里怀人，但凭一纸；况妾居成都，万里桥边，为自古送别之地。李太白所谓"天下伤心处，劳劳送客亭"。此情其何以堪耶？

其四

城西门前滟滪堆，年年波浪不能摧。

懊恼人心不如石，少时东去复西来。

首句言滟滪堆所在之地。次句言数十丈之奇石，屹立江心，千百年急浪排推，凝然不动。后二句以石喻人心，从《诗经》"我心匪石"脱化，言人心难测，东西无定，远不如石之坚贞。慨世情之雨云翻覆，不仅如第二首之叹郎情易衰也。

其五

瞿唐嘈嘈十二滩，此中道路古来难。

长恨人心不如水，等闲平地起波澜。

首言十二滩道路艰难，以质朴之笔写之，合竹枝格调。第四首以石喻人心，此首以水喻人心。后二句言瞿唐以险恶著称，因水为万山所束，巨石所阻，激而为不平之鸣。一入平原，江流漫缓矣。若人心则平地可起波澜，其险恶殆过于瞿唐千尺滩也。

其六

杨柳青青江水平，闻郎江上踏歌声。
东边日出西边雨，道是无晴却有晴。

此词第四、第五两首之前二句，皆质直言之。此首起二句，则以风韵摇曳见长。后二句言，东西晴雨不同，以"晴"字借作"情"字。无情而有情，言郎踏歌之情，费人猜想。双关巧语，妙手偶得之。

杨柳枝词——刘禹锡

炀帝行宫汴水滨，数株残柳不胜春。
晚来风起花如雪，飞入宫墙不见人。

此隋宫怀古之作，咏残柳以写亡国之悲，情韵双美，寄慨苍凉，与石头城怀古诗，皆推绝唱，宜白乐天称为诗豪也。同时李益有《隋宫燕》云：自从一闭风光后，几度飞来不见人。《汴河曲》云：行人莫上长堤望，风起杨花愁煞人。亦言故宫飞絮，寂寞无人，与梦得用意同，而用笔逊之。学诗者可衡校其故矣。

春词——刘禹锡

新妆宜面下朱楼，深锁春光一院愁。

行到中庭数花朵，蜻蜓飞上玉搔头。

此春怨词也，乃仅曰"春词"，故但写春庭闲事，而怨在其中。第二句言一院春愁，即其本意。故三句言细数花朵，以遣其无聊之思。四句言适有蜻蜓，款款飞上搔头，为雾鬓风鬟，增其妍媚。较玉燕钗头之贴，更有天然姿态。恼人春思，正在花前缓步时也。

和令狐相公别牡丹——刘禹锡

平章宅里一阑花，临到开时不在家。

莫道两京非远别，春明门外即天涯。

首言骁征奉使，辜负春光，纪和诗之事也。后言两京相望，虽驿路非遥，而一出春明，无异隔万重云树。咫尺之别，即是天涯，犹刹那之间，无殊千古。蒙庄齐物之观，不仅花木平泉，为天香惜别也。

移家别湖上亭——戎昱

好去春风湖上亭，柳条藤蔓系离情。
黄莺久住浑相识，欲别频啼四五声。

水亭风物，晨夕相依，一旦挥手而行，虽藤蔓柳条，亦低徊不舍。所谓"一花一草寻常见，待到离时却耐看"也。后二句写足前意，言枝上黄莺，因久住亦知依恋，数声啼彻，如唱骊歌。此诗流传北里，有叹赏者曰：戎君于花鸟，尚不忍舍去，其人之多情可知矣。

题惠照寺——王播

上堂已了各西东，惭愧阇黎饭后钟。
三十年来尘扑面，如今始得碧纱笼。

王播投斋之事，著传词苑。昔则饭后闻钟，今则碧纱笼句，此诗写尽炎凉世态。《题惠照寺》诗凡二首，其第二首云：三十年前此院游，木兰花发院新修。如今再到经行处，树老无花僧白头。其时播虽贵显，诗句笼纱，而旧院花凋，山僧老去，三十年禅院重来，觉人似秋鸿，事如春梦矣。

同李十一醉忆元九——白居易

花时同醉破春愁，醉折花枝当酒筹。
忽忆故人天际去，计程今日到梁州。

人当花晨月夕，把酒寻欢，忽忆素心人不得此时同醉，为之惘然。此本性情中事。元白交谊深挚，微之别乐天诗云：我诗多是别君辞。可见两人之彼此眷怀也。首二句言与李十一芳时同醉，藉解春愁。以花枝作酒筹，想见其风趣。后二句言我辈欢娱，而故人行役，遥计征程辛苦，计此日可抵梁州。非特临筋怀远，其平日之抡指征程，关心驿路可知矣。

竹枝——白居易

瞿唐峡口水烟低，白帝城头月向西。
唱到竹枝声咽处，寒猿晴鸟一时啼。

竹枝词者，用其词之格调也。此诗乃专咏竹枝词之声。首句唱竹枝之地，次句唱竹枝之时。后二句言，唱至最凄咽处，峡口之寒猿晴鸟，同时惊起而啼。异类皆为感动，极言其音调之悲。王渔洋诗：断雁哀猿和竹枝。殆本此诗也。

宫词——白居易

> 泪尽罗巾梦不成，夜深前殿按歌声。
> 红颜未老恩先断，斜倚熏笼坐到明。

诗言露兰啼眼，夜不成眠，遥听前殿笙歌，悲乐之悬殊若是。方在盛年，已金环不御，此后身世茫茫，更将焉属。唯有耐寒倚火，坐待天明耳。作宫词者，多借物以寓悲。此诗独直书其事，四句皆倾怀而诉，而无穷幽怨，皆在"坐到明"三字之中。犹元微之"寥落古行宫"诗，亦直书其事，而前朝衰盛，皆在"说玄宗"三字之中。元白本一代齐名，诗格与诗心亦相似也。

暮江吟——白居易

> 一道残阳铺水中，半江瑟瑟半江红。
> 谁怜九月初三夜，露似珍珠月似弓。

此诗分两段写景。上二句言薄暮之景。大江空阔，阴晴划分，半为云气所掩，作瑟瑟秋光，半则一道斜阳，平铺水面，映江水而皆红。写江天晚景入妙。后二句言，一至深宵，如弓新月，斜挂楼头。正初三之夕，其时露气渐浓，如珠光的眹。正九月之时，夜色清幽，诵之觉凉生袖角。通首皆写景，唯第三句"谁怜"二字，略见惆怅之思，如水清愁，不知其着处也。

伊州——白居易

老去将何散老愁，新教小玉唱伊州。
亦应不得多年听，未教成时已白头。

诗谓垂老多愁，令歌姬小玉，学唱伊州一曲，以遣有涯之生。乃曲未教成，而鬓丝已白。世之沉酣醉梦者，罗衣尚在，而春舞已休，金穴未成，而玉棺遽降。作者明知过客光阴，且及时行乐耳。亦有若"野人闲种树，树老野人前"，亲见手种成阴者，白傅倘能亲见教成乎？

魏王堤——白居易

花寒懒发鸟慵啼，信马闲行到日西。
何处未春先有思，柳条无力魏王堤。

岁暮凄寒，鸟慵花懒。斜日西沉之际，在魏王堤上，信马行吟。其时春气已萌，虽枯干萧森，而堤柳已含有回青润意，万缕垂垂。自来诗家，鲜有咏及者。乐天以"无力"二字，状柳意之含春，与刘梦得之"秋水清无力"状水势之衰，皆体物之工者。

香山寺——白居易

空门寂静老夫闲，伴鸟随云往复还。

家酝满瓶书满架，半移生计入香山。

此乐天晚年自述也。先言以闲人爱此空门，唯孤云野鸟，伴我往还。后言香山寺为其生计所在，佳酿满瓶，良书满架，已占其生计之半。第三句，即其自号醉吟先生之本意。乐天晚居香山，与僧如满结社，称香山居士。诗盖入山时作也。

永丰坊园中垂柳——白居易

一树春风千万枝，嫩于金色软于丝。

永丰西角荒园里，尽日无人属阿谁。

王渔洋《秋柳》七律，怀古而兼擅神韵，传诵一时。乐天以二十八字写之，柳色之娇柔，旧坊之寥落，裙屐之凋零，感怀无际，可见诗格之高。乐天尚有《杨柳枝》诗云：红板江桥青酒旗，馆娃宫暖日斜时。可怜雨歇东风定，万树千条各自垂。专咏柳枝，不若永丰篇之有余味也。

重赠乐天——元稹

莫遣玲珑唱我诗，我诗多是别君辞。
明朝又向江头别，月落潮平是去时。

首二句，非但见交谊之厚，酬唱之多，兼有会少离多之意。故第三句以"又"字表明之，言明日潮平月落，又与君分手江头。灞岸攀条，阳关撇笛，人所难堪，况交如元白乎？题曰"重赠乐天"，见临别言之不尽也。

西归——元稹

五午江上惯容颜，今日春风到武关。
两纸京书临水读，小桃花树满商山。

微之五年远役，归途至武关，得家书而喜，临水开缄细读。出入怀袖，奚止三周。前三句事已说尽，四句乃接写武关所见。晴翠商山，依然到眼，小桃红放，如含笑迎人。故乡云树，入归人之目，倍觉有情，非泛写客途风景也。

长安秋夜——李德裕

内官传诏问戎机，载笔金銮夜始归。
万户千门皆寂寂，月中清露点朝衣。

唐人早朝诗，皆典丽之作，且赋晓景者为多。此诗言召对夜归，天街人静，唯觉零露瀼瀼，点朝衣而欲湿。写夜景如画，并见临政宵衣之瘁，廷臣退食之迟。彼夜深前殿，犹按笙歌者，可知朝政不修矣。

送僧——熊孺登

云心自向山山去，何处灵山不是归。
日暮寒林投古寺，雪花飞满水田衣。

诗言山僧之去住无心，犹白云之在山，随处依留，初无滞相。后二句言，日暮归山，遥见漠漠寒林，深藏古寺，一任雪花飞舞，白满僧衣。如此清寒，空山独往，与刘长卿诗"荷笠带斜阳，青山独归远"，皆善写世外高踪也。

南园——李贺

长卿牢落悲空舍，曼倩诙谐取自容。

见买若耶溪水剑，明朝归去事猿公。

此长吉自伤身世也。首二句言汉时才俊，如相如者，尚以牢落兴嗟；如曼倩者，姑以诙谐自隐。文章既不为世用，不若归买若耶宝剑，求猿公击刺之术，把臂荆高，一吐其抑塞之气。诗因愤世而作，故第二首有"文章何处哭秋风"句，乃其本怀也。

酬答——李贺

雍州二月海池春，御水鸡鶂暖白蘋。

试问酒旗歌板地，今朝谁是拗花人？

首二句赋雍州之春色。后二句言士女嬉春，所流连者，在歌板酒旗之地。若池畔好花，嫣然临水，解折枝相赏者，知是何人。可见孤秀自馨，难谐世俗也。长吉七岁，即受知于昌黎，弱冠授协律郎，而诗皆潦倒之词，《南园》诗尤为郁郁。天畀以才，而龚生竟天，惜兰膏之自焚也。

刘郎浦——吕温

> 吴蜀成昏此水浔，明珠步障幄黄金。
> 谁将一女轻天下，欲换刘郎鼎峙心。

刘郎浦在荆江畔。诗言吴蜀连姻，穷极奢丽，帷障之美，金珠交错，殆欲以声色荡其心。孰知英雄事业，决不以一女而舍其远略。后世之哲妇倾城者，六军驻马，莫救蛾眉，一怒冲冠，竟忘君父。但刘郎非其人耳。后人吊孙夫人云：魂归若过刘郎浦，还记明珠步障无？即用此诗也。

赠崔驸马——杨巨源

> 百尺梧桐画阁齐，箫声落处彩云低。
> 平阳不惜黄金埒，细雨花骢踏作泥。

沁园甲第，本类天家。唐人咏公主府者，皆状其富丽。少陵之"秦楼郑谷，杂佩珊珊"亦即此意。此诗首句言楼阁之高，次句言歌管之盛。后二句言平阳贵主，以黄金饰埒，任花骢细雨，踏作春泥，亦所不惜。固言其豪侈，亦微讽之也。

秋夜曲——王涯

> 桂魄初生秋露微，轻罗已薄未更衣。
> 银筝夜久殷勤弄，心怯空房不忍归。

秋夜深闺，银筝闲抚。以婉约之笔写之，首言弓月初悬，露珠欲结。如此嫩凉庭院，而罗衫单薄，懒未更衣，已逗出女郎愁思。后二句言，夜深人静，尚拂筝弦，非殷勤喜弄也，以空房心怯，不忍独归，作无聊之排闷，锦衾角枕，其情绪可知。所谓"小胆空房怯，长眉满镜愁"，即此曲之意也。

宫词——王涯

> 一丛高鬟绿云光，宫样轻轻淡淡黄。
> 为看九天公主贵，外边争学内家妆。

古之闺饰，高髻为尚。六朝文所谓"鬟髻高而畏风"，当风欲避，其高可知。尝见唐代美人画砖，凡理妆、煎茶、烹鱼、涤器者，无不鬟云高拥。此诗言高鬟一丛，外边争学，殆中唐时，新样尤高。刘方平诗：新作蛾眉样，相效满城中。夫寻常眉样，尚相效争先，况贵主宫妆，宜为闺媛所羡。第二句之轻黄宫样，言之未详，其或若汉宫之额黄耶？

少年行——令狐楚

家本清河住五城，须凭弓箭得功名。
等闲飞鞚秋原上，独向寒云试射声。

首二句言家住五城，本关西将种，雕弓羽箭，镇日随身，为拾取青紫之具。后言其身手勤能，暇辄纵马平原，独试其落雁射雕之技。但见箭拂寒云，如汉代射声校尉之冥冥闻声必中。此少年之材武，较崔国辅之咏少年只解章台折柳者，迥不侔矣。

塞下曲（三首）——张仲素

其一

三戍渔阳再渡辽，骍弓在臂剑横腰。
匈奴似欲知名姓，休傍阴山更射雕。

其二

朔雪飘飘开雁门，平沙历乱转蓬根。
功名耻记生擒数，直斩楼兰报国恩。

其三

阴碛茫茫塞草肥，桔槔峰上暮云飞。
交河北望天连海，苏武曾将汉节归。

塞下曲每言征战之苦，还乡之念，此三诗则专咏边将。第一首言，臂弓腰剑，五度从征，为匈奴所严惮，欲得之而甘心。劝勿傍阴山，虑有豫且之厄，乃惜其雄武之材也。第二首言，雁门百战，生缚强胡，殆不胜记。人以为荣者，己以为耻，因未能擒贼擒王，有不斩楼兰终不还之概，乃言其志愿之宏也。三首言，黄云白草，阴碛茫茫，北望更云水相连，乃苏武海上看羊之地。缅怀风烈，未肯多让前贤，乃表其节概之高也。有边材如此，诗所谓"赳赳武夫，公侯干城"者欤？

秋闺思（二首）——张仲素

其一

碧窗斜日霭深晖，愁听寒螀泪湿衣。
梦里分明见关塞，不知何路向金微。

其二

秋天一夜净无云，断续鸿声到晓闻。
欲寄征人问消息，居延城外又移军。

二诗咏秋闺忆远，皆以曲折之笔写之。第一首静夜怀人，形诸梦寐，常语也。诗乃言关塞历历，已见梦中，迨欲身赴郎边，出门茫茫，何处是金微之路。则入梦徒然耳。第二首言欲寄相思，但凭尺素，亦常语也。诗乃言秋夜闻雁声，感雁足寄书之事，方欲裁笺，而消息传来，本住居延，又移军他去。寄书不达，情益难堪矣。唐人集中，多咏征夫思妇，宋以后颇稀，殆意境为前人说尽也。

汉苑行——张仲素

春风淡荡景悠悠，莺啭高枝燕入楼。
千步回廊闻凤吹，珠帘处处上银钩。

诗为华清宫而赋。宫在骊山，累层而上。侍从之仪仗往来，宫眷之亭台徙倚，行人经山下者，仰望若仙都。玄宗骊山避暑图，历历绘之。故千步回廊，可闻凤吹，银钩齐上，遥望珠帘。否则宫禁深严，非民间所得见也。张祜《华清宫》诗：碧云仙曲舞霓裳；又云：至今风俗骊山下，村笛犹吹阿滥堆。正如白乐天所谓"仙乐风飘处处闻"也。可见仲素此诗，乃咏当时实事，不敢明言，故题曰汉苑云。

蛮州——张籍

瘴水蛮中入洞流，人家多住竹棚头。
青山海上无城郭，唯见松牌记象州。

诗言蛮州所见。山民则多居竹屋，疆里则唯恃松牌，纪南荒之俗也。象州在万山中，唐代疆以戎索，虽岩邑而夙无城郭，但记松牌，瘴乡深阻，不过羁縻之州耳。

悼孟寂——张籍

曲江院里题名处，十九人中最少年。

今日春光君不见，杏花零落寺门前。

孟君以贾生之稚齿，登乡贡之巍科，当年十九人中，独夸年少。乃雁塔空题，而驹光遄逝，杏花犹在，换尽年华，慨功名若露电也。若明代申文定公题杏花云：记得曲江春日里，一枝曾占百花先。同是曲江探杏，而早列仙班，晚登台阁，其福泽胜孟君远矣。

法雄寺东楼——张籍

汾阳旧宅今为寺，犹有当时歌舞楼。

四十年来车马散，古槐深巷暮蝉愁。

汾阳以一代元勋，乃四十年中，戟高门，盛衰何速。赵嘏经汾阳故宅，有“古槐疏冷夕阳多”句，与此诗词意相似。但张诗明言其改为法雄寺，以带砺铭功之地，为香灯禅诵之场。有唐君相，不知追念荩臣，保其世业，剩有词客重过，对槐荫而咏叹耳。

秋思——张籍

> 洛阳城里见秋风，欲作家书意万重。
>
> 复恐匆匆说不尽，行人临发又开封。

诗言已作家书，而长言不尽，临发重开，极言其怀乡之切。作书者殷勤如是，宜得书者抵万金矣。凡咏寄书者，多本于性情。唐人诗，如"马上相逢无纸笔，凭君传语报平安"，仅传口语，亦慰情胜无也；"陇山鹦鹉能言语，为报家人数寄书"，盼书之切，托诸幻想也。明人诗："万里山河经百战，十年重到故人书"，乱后得书，悲喜交集也。近人诗："药债未完官税逼，封题空自报平安"，得家书而只益乡愁也；"忽漫一笺临眼底，丙寅三月十三封"，检遗札而追念故交也；"闻得乡音惊坐起，渔灯分火写平安"，远客孤舟，喜寄书得便也。诗本性情，此类之诗，皆至情语也。

凉州词——张籍

> 凤林关里水东流，白草黄榆六十秋。
>
> 边将皆承主恩泽，无人解道取凉州。

诗言凉州寇盗，已六十年矣，白草黄榆，年年秋老，而诸将坐拥高牙，都忘敌忾。少陵诗：独使至尊忧社稷，诸君何以答升平。花蕊夫人诗：四十万人齐解甲，更无一个是男儿。与文昌有同慨也。

宫词（二首）——张籍

其一

新鹰初放兔尤肥，白日君王在内稀。
薄暮千门临欲锁，红妆飞骑向前归。

首句言鹰健兔肥，正堪射猎。次句言白日为勤政之时，乃不在宫廷，而在原野。后言直至暮色苍茫，千门欲闭，始见前导之红妆宫女，飞骑而归。其时宫女亦习射，举止效男子。王建诗云：射生宫女宿红妆，把得新弓各自张。临上马时齐赐酒，男儿跪拜谢君王。宸游无度，女子行围，与此诗情事相类。等于羽猎河南，止十旬之凤辇矣。

其二

黄金杆拨紫檀槽，弦索初张调更高。
理尽昨来新上曲，内官帘外送樱桃。

唐宫歌曲最精，奏霓裳曲者，上皇则亲授散声，贵妃则叠颂罗绮。梨园法部，不授外人，唯功臣得拜曲谱之赐。见王建《霓裳词》中。此诗前二句所言，与王建诗之"红蛮杆拨贴胸前"及"侧商调里唱伊州"，皆咏一事。后二句言，新曲教成，即受樱桃之赏。唐代尝新之例，先荐寝园，后颁臣下。王维诗"芙蓉阙下会千官"，可知典制殊崇。此因习曲而恩及歌者，见宠赐之滥加也。

江陵使至汝州——张籍

回看巴路在云间，寒食离家麦熟还。
日暮数峰青似染，商人说是汝州山。

诗言行役巴江，迫东返汝州，已阅三月之久。遥见暮山横黛，
商人指点，知已到汝州。凡游子远归，未见家园，先见天际乡山
一抹，若迎客有情，为之色喜，宜文昌之欣然入咏也。

华清宫——王建

酒幔高楼一百家，宫前杨柳寺前花。
内园分得温汤水，二月中旬已进瓜。

诗咏华清宫之盛，皆从宫外写之。唐京人口，有二百万之多。
诗言宫外之繁庶，但数酒楼，已有百家，其他可知。论风景，则
宫前之柳，寺外之花，生翠嫣红，与山光相映。论地气，因山有
温泉，故暖气四时蒸发，内廷之园圃，时方二月，已见进瓜。诗
咏华清宫，而从侧面写出，升平熙皞之象，自可想见。

十五夜望月——王建

中庭地白树栖鸦，冷露无声湿桂花。

今夜月明人尽望，不知秋思在谁家。

自来对月咏怀者，不知凡几，佳句亦多。作者知之，故著想高踞题颠，言今夜清光，千门共见。《月子歌》所谓"月子弯弯照九州，几家欢乐几家愁"。秋思之多，究在谁家庭院？诗意涵盖一切。且以"不知"二字作问语，笔致尤见空灵。前二句不言月，而地白疑霜，桂枝湿露，宛然月夜之景，亦经意之笔。

宫词（二首）——王建

其一

延英引对绿衣郎，江砚宣毫各别床。
天子下帘亲考试，宫人手里过茶汤。

诗纪唐代试士之典，金銮载笔，玉座垂衣，极一时之盛。当日分曹角艺，人各一床，至尊亲手抡才，敕赐茶汤，由宫人捧递，想见恩遇之隆。殿廷考试，沿及千年，瞻顾玉堂，今如天上矣。

其二

家常爱着旧衣裳，空插红梳不作妆。
忽地下阶裙带解，非时应得见君王。

诗言旧衣爱着，不作新妆，见宫人之俭约也。后二句言，罗裙自解，忽逢吉兆，岂君王有非时之召见耶？裙带解，为相传古语，主喜庆之兆，不独玉台体之"莫是藁砧归"卜夫婿还乡也。王建宫词，凡数十首，皆纪唐宫之事，可作掖庭记观。仅录此二诗者，一纪临轩盛典，一纪相承谚语，在宫中琐事之外，诗句亦清新有致。

奉诚园闻笛——窦牟

> 曾绝朱缨吐锦茵，欲披荒草访遗尘。
> 秋风忽洒西园泪，满目山阳笛里人。

诗言当年东阁延宾，吐车茵而不憎，绝冠缨而恣笑，曾邀逾分优容。及重过朱门，而荒草流尘，难寻遗迹，秋老西园，不禁泪尽斜阳之笛矣。自来知己感恩者，牙琴罢流水之弦，马策极州门之恸，今昔有同怀也。

陪留守内巡至上阳宫——窦庠

> 愁云漠漠草离离，太液钩陈处处疑。
> 薄暮毁垣春雨里，残花犹发万年枝。

咏前朝遗构者，访铜雀而寻残瓦，过隋苑而问迷楼，皆于易代之后，沧桑凭吊。若洛中之上阳宫，则兴废仅数十年事，正朔未更，而离宫垂圮，宜过客兴周道之嗟。同时窦巩亦有诗云：高梧叶尽鸟巢空，洛水潺湲夕照中。寂寞天桥车马绝，寒鸦飞入上阳宫。一言春雨垣空，仅余残萼；一言天桥人散，飞入寒鸦，皆有百年世事之悲也。

襄阳寒食寄友——窦巩

烟水初销见万家，东风吹柳万条斜。
大堤欲上谁相伴，马踏春泥半是花。

诗言春水初融，杨枝一碧，大堤驱马，惜佳伴无人，唯见落花盈路，衬马足而生香。此诗怀友而兼写景，春色之融和，襄阳之繁盛，皆于笔底见之。

宫人斜——窦巩

离宫路远北原斜，生死深恩不到家。
云雨今归何处去，黄鹂飞上野棠花。

此诗吊宫人埋玉之地。第二句言，无论生死深恩，不得故乡归骨，深为致慨。窦有《南游感兴》诗云：伤心欲问前朝事，唯见江流去不回。日暮东风春草绿，鹧鸪飞上越王台。两诗一咏黄鹂，一咏鹧鸪，皆言鸟啼花落，惆怅遗墟，所谓"飞鸟不知陵谷变"也。后人习用之，遂成套语，而在中唐时作者，自有一种苍茫之感。

渡桑干——贾岛

客舍并州已十霜，归心日夜忆咸阳。

无端更渡桑干水，却望并州是故乡。

此诗曲写其客中怀抱也。言家本秦中，自赴东北之并州，屈指已及十载。正日夕思归，乃又北渡桑干，望秦关更远；而并州久住，未免有情，南云回首，亦权作故乡矣。作七绝者，或四句一气贯注，或曲折写出，而仍能一气，最为难到之境。学诗之金针也。

赠天竺灵隐二寺主——权德舆

石路泉流两寺分，寻常钟磬隔山闻。

山僧半在中峰住，共占清猿与白云。

西湖诸刹，灵隐得名最先。天竺本翻经院，隋时建天竺寺。皆慧理禅师道场，桂子天香之胜，两寺共之。白乐天诗：两寺原从一寺分，一山分作两山门。此诗即白诗之意，故首二句，言泉流为两寺所共，钟磬亦隔山互闻。后言住中峰之僧，猿声云气，亦彼此共之，以呼猿洞、饭猿台遗迹，在灵隐天竺之间也。

杂兴——权德舆

> 巫山云雨洛川神，珠襦香腰稳称身。
> 惆怅妆成君不见，含情起立问旁人。

　　首句以神女洛妃为喻，见仙貌之出群。次句言其衣裳之丽，姿态之佳。后二句言，妆成如此妍华，而君不见，丽质未甘自弃，含情惆怅，却问旁人。诗意借喻怀才不遇者，降志求荣，亦等于美人之所欢不见，无聊而问及旁人也。

折杨柳——张祜

> 凝碧池边敛翠眉，景阳楼卜绾青丝。
> 那胜妃子朝元阁，玉手和烟弄一枝。

　　诗言柳枝披拂，或在凝碧池头，效深鬐之翠黛，或在景阳楼下，作细绾之青丝，皆寻常景物耳。一入朝元阁畔，妃子手中，玉纤亲把，同是柔条一缕，备觉婀娜有情。此诗咏柳，固有新意，且用两层逼写法，作他题亦可类推，不独咏杨柳也。

集灵台——张祜

> 虢国夫人承主恩，平明骑马入宫门。

却嫌脂粉污颜色，淡扫蛾眉朝至尊。

宫禁森严之地，虢国夫人纵骑而入，言其宠之渥也。脂粉转嫌污面，蛾眉不费黛螺，言其色之丽也。祜复有《咏小管》诗云：虢国潜行韩国随，宜春深院映花枝。金舆远幸无人见，偷把王小管吹。可见唐宫禁令懈弛，銮舆一出，虢国恣意而行。更证以祜之"金舆未到长生殿，妃子偷寻阿鹨汤"句，宫事中之潜行窥检，不仅小管偷吹也。

雨霖铃——张祜

雨霖铃夜却归秦，犹是张徽一曲新。
长说上皇和泪教，月明南内更无人。

玄宗幸蜀，至剑州上亭驿，即郎当驿，夜雨闻驮铃声，问黄幡绰曰："铃语云何？"对曰："似云三郎郎当。"因命伶人张野狐制曲，名曰"雨霖铃"。及旋骅长安，重闻此曲，为之泫然。张祜此诗，音调凄婉欲绝，若玄宗见之，如闻落叶哀蝉之曲矣。

游淮南——张祜

十里长街市井连，月明桥上看神仙。
人生只合扬州老，禅智山光好墓田。

扬州之繁丽，以亭台花月著称。若论山川之秀，远逊江南。作者独爱禅智山光，至欲为百岁魂游之地，亦人各有好也。近人有"人生只合江南住，满眼倪迂画里山"句，第三句与张诗同意，而结句之蕴藉胜之。

曲江春望——唐彦谦

杏艳桃光夺晚霞，乐游无庙有年华。
汉朝冠盖皆陵墓，十里宜春下苑花。

诗言曲江春日，桃杏争妍，烂如霞绮。纵遗庙荒无，而年光依旧。后二句即承上意，言当日满朝冠盖，何等尊荣，乃一掩黄肠，功名都尽。试看宜春苑里，依然十里春光。信乎造物无情，不以兴亡而更其物态也。

长门怨——裴交泰

自闭长门经几秋，罗衣湿尽泪还流。
一种蛾眉明月夜，南宫歌管北宫愁。

诗人咏宫怨者，每以欢愁之境对写，以表其怨。此诗南宫北宫，更明白言之。长年永巷，情固难堪。偶忆高念东《襄阳》诗云：羊公流涕山公醉，并枕残碑卧夕阳。夫以羊公之贤，山公之达，两相衡比，亦不过并卧斜阳。彼南北宫之一瞥悲欢，皆等于电谢，他日月明南内，更有何人耶？

郡中——羊士谔

红衣落尽暗香残，叶上秋光白露寒。
越女含情已无限，莫教长袖倚阑干。

渚莲香尽，露气初，此时越女伤秋，已觉乱愁无次。若更曳长袖而倚回阑，对此凄清池馆，将添得愁思几许。此诗善用曲笔，如竟言惆怅凭阑，便觉少味矣。

泛舟后溪——羊士谔

雨余芳草净沙尘，水绿滩平一带春。
唯有啼鹃似留客，桃花深处更无人。

凡山水佳处，每在幽深之境，屐齿所不到，山容水态，弥觉静趣招人。此诗先言前溪过雨之景，后言行至桃花深处，寂无人迹。啼鸟忘机，似解声声留客，勿辜负溪山。朱湾诗所谓"渐来深处渐无人"也。同时刘商，有《题黄陵夫人祠》云：东风三月黄陵水，只见桃花不见人。与此诗第四句相似，但一纪清游，一怀灵迹，句同而意殊也。

宫中词——朱庆馀

寂寂花时闭院门，美人相并立琼轩。
含情欲说宫中事，鹦鹉前头不敢言。

此诗善写宫人心事，宜为世所称。凡写宫怨者，皆言独处含愁，此则幸逢采伴，正堪一诉衷情。奈鹦鹉当前，欲言又止，防饶舌之灵禽，效灰盘之画字。只学金人缄口，不闻玉女传言，对锁蛾眉，一腔幽怨。宜宫中事秘，世莫能详矣。

题潘师房——刘商

渡水傍山寻绝壁，白云飞处洞门开。
仙人来往行无迹，石径春风长绿苔。

诗言潘师所居，洞门在白云深处，寻访为劳。后言道人应与仙真来往，但仙人行空，足不履地，寻遗迹而无从。诗意或言仙本虚无，或言求仙不遇，或言笙鹤之灵迹虽遥，而山水之清音长在。即春风苔径，已幽绝尘寰，作诗之意，潘师倘能领会之。

寄友——李群玉

野水晴山雪后时，独行村路更相思。

无因一向溪头醉，处处寒梅映酒旗。

此诗有委婉之致。郊外行吟，有怀良友，以闲淡之笔写之。言梅花多处，一角酒楼，为当日佳侣招邀，踏雪提壶之处。今暗香疏影依然，而独行无伴，不胜停云霭霭之思也。

黄陵庙——李群玉

黄陵庙前莎草春，黄陵女儿茜裙新。
轻舟小楫唱歌去，水远山长愁煞人。

诗言黄陵女儿，荡轻舟而去，无限愁心，付诸云水。其茜裙游女，托微波之辞耶？抑空明兰桨，望断美人耶？此类诗，重在音节苍凉入古，而微意自在其间，不须说尽也。

题王侍御宅——李群玉

门向沧江碧嶂开，地多鸥鹭少尘埃。
绿阴十里滩声里，闲去王家看竹来。

王侍御之宅，门对沧江，鸥鸟相依，青山不厌，可称尘外高踪。此十里之间，滩声浩浩，碧树沉沉。在此佳地经过，已非俗客，况更向王家看竹？贤主嘉宾，可与竹林诸贤，把臂而入矣。张船山诗：

居人长住真奇福，过客能游亦胜缘。当为王李二君咏之。

赠歌人郭婉——殷尧藩

石家金谷旧歌人，起唱花筵泪满巾。

红粉少年诸弟子，一时惆怅望梁尘。

郭婉为旧宅之歌姬，身经桑海，故重唱花筵，不觉罗巾泪湿。其教曲弟子中，比红少女，惨绿诸郎，方在盛年，焉知感旧，而为其哀音所动，亦同时惆怅，望绕梁三日之尘。与穆宫人云间忆歌，感怀织女，柳依依阳关按拍，怨入落花，同是紫霞凄调，不堪说与春知也。

赠杨炼师——鲍溶

道士夜诵蕊珠经，白鹤下绕香烟听。

夜移经尽人上鹤，天风吹入秋冥冥。

此诗用拗韵，觉音调有古逸之趣。昔有道士慕冲举，欲骑鹤升空，而鹤压毙。陈沆嘲以诗云：弯腰鹤背无多力，传语麻姑借大鹏。见郑文宝《南唐近事》。此道士果能使白鹤听经，且骑鹤上天耶？作者殆嘲讽之。

闻玉蕊院真人降——严休复

羽车潜下玉龟山，尘世何由睹蕣颜。

唯有无情枝上雪，好风吹缀绿云鬟。

此与鲍溶赠炼士诗，皆以虚无之想，托诸歌咏。但鲍诗确凿言之，此诗云仙无人见，第二句已明言之。后二句言，得稍傍铢衣者，唯有无情之雪，因回风飞舞，或能点缀云鬟。而俄顷雪消，亦等于露电。仙踪玉蕊，果谁见之耶？以诗句论，前首鲍溶之天风冥冥，此诗之好风吹鬓，皆空灵缥缈之笔也。

湘君祠——陈羽

二妃泣处湘江深，二妃愁处云沉沉。

商人滴酒庙前草，萧飒风生斑竹林。

此诗通首不用谐律，颇合竹枝词风调。诗言云暗江深，是当日英皇对泣处。至今野庙临江，行客有怀，向荒祠酹酒，数丛斑竹摇风，秋声飒飒，犹疑洒泪时也。咏湘妃竹者，若贾岛咏斑竹杖云：莫嫌滴沥红斑少，恰是湘妃泪尽时。杜牧咏斑竹簟云：分明知是湘妃泪，何忍将身卧泪痕。二诗着力太过，不若羽诗之虚写得神也。

过勤政楼——杜牧

千秋佳节名空在，承露丝囊世已无。

唯有紫苔偏称意，年年因雨上金铺。

开元之勤政楼，在长庆时，白乐天过之，已驻马徘徊。及杜牧重游，宜益见颓废。诗言问其名则空称佳节，求其物已无复珠囊。昔年壮丽金铺，经春雨年年，已苔花绣满矣。后人《过萤苑》诗云：闪闪寒磷犹得意，夜深来往豆花丛。与此诗后二句同意。因废苑荒凉，为萤火苍苔滋生之地。客子所伤心者，正萤与苔所称意，其荒寂可知矣。

过华清宫——杜牧

长安回望绣成堆，山顶千门次第开。

一骑红尘妃子笑，无人知是荔枝来。

首二句赋本题。宫在骊山之上，楼台花木，布满一山，亦称绣岭，故首句言绣成堆也。后二句言，回想当年，滚尘一骑西来，但见贵妃欢笑相迎，初不料为驰送荔枝，历数千里险道蚕丛，供美人之一粲也。唐人之过华清宫者，辄生感喟，不过写盛衰之意。此诗以华清为题，而有褒姬烽火一笑倾周之慨，可谓君房妙语矣。

登乐游原——杜牧

> 长空淡淡孤岛没，万古消沉向此中。
>
> 看取汉家何事业，五陵无树起秋风。

诗后二句言汉家盛业，青史烂然，而五陵寂寞，只余老树吟风，已可深慨；今并树无之，其荒寒为何等耶！前二句尤佳，有包扫一切之概。犹岑参诗：五陵北原上，万古青蒙蒙。若置身阊风之颠，俯视万象，类泡影之明灭也。宋人词：消沉今古意无穷，尽在长空淡淡鸟飞中。即袭用此诗。

沈下贤——杜牧

> 斯人清唱何人和，草径苔芜不可寻。
>
> 一夕小敷山下路，水如环佩月如襟。

前二句言独行苔径，清咏无人，乃怀沈下贤也。后言重过小敷山下，明月堕襟，水声鸣佩，凝想悠然。诗意若有微波通辞之感，不类停云怀友之诗，何风致绰约乃尔？其有哀窈窕思贤才之意乎？

将赴吴兴登乐游原——杜牧

> 清时有味是无能，闲爱孤云静爱僧。

欲把一麾江海去，乐游原上望昭陵。

司勋将远宦吴兴，登乐游原而遥望昭陵，追怀贞观，有江湖魏阙之思。前二句诗意尤深，言升平之世，宜致身君国，安得有清闲之味。唯其自顾无能，不足为世用，亦不与世争，始觉其有味也。第二句承首句有味而言，若谓闲中之味，爱天际孤云，无心舒卷；静中之味，爱空山老衲，相对忘言。具如是襟怀，则一麾南去，任其宦海沉浮耳。

江南春——杜牧

千里莺啼绿映红，水村山郭酒旗风。
南朝四百八十寺，多少楼台烟雨中。

前二句言江南之景，渡江梅柳，芳信早传。袁随园诗所谓"十里烟笼村店晓，一枝风压酒旗偏"，绝妙惠崇图画也。后言南朝寺院，多在山水胜处，有四百八十寺之多。况空蒙烟雨之时，罨画楼台，益增佳景。小杜曾有"倚遍江南寺寺楼"句，刘梦得有"遍上南朝寺"句，可见琳宫梵宇，随处皆是。杭州湖山之间，唐以前有三百六十寺。宋南渡后，增至四百八十寺。见《西湖游览志》。唐宋两朝，吴越间寺院之多，其数适同也。

题城楼——杜牧

鸣轧江楼角一声，微阳潋潋落寒汀。

不用凭阑苦回首，故乡七十五长亭。

烟水迷茫，斜日将沉之际，危楼一角，画角声低。言登临所闻见也。后二句，默数归程，有七十五长亭之远。无路奋飞，安用凭阑极目耶？凡客子登高，乡山遥望，已情所难堪。今言料无归计，不用回头，其心愈苦矣。

初冬夜饮——杜牧

淮阳多病偶求欢，客袖侵霜举烛盘。

砌下梨花一堆雪，明年谁此凭阑干？

淮南雪夜，小饮一杯，聊遣客中情况。玉砌飞花，暂娱此夕，明岁之倚阑吟赏者，知属何人。杜少陵诗：明年此会知谁健，醉把茱萸仔细看。张梦晋诗：高楼明月清歌夜，此是生平第几回。明知胜会不常，未免有情难遣，东坡所谓"此生此夜不常好，明月明年何处看"也。

醉后题僧院——杜牧

觥船一棹百分空，十载青春不负公。
今日鬓丝禅榻畔，茶烟轻飏落花风。

诗谓十载以来，芳时买醉，未尝辜负春光。今以吴监点鬓之年，在禅阁缮经之地，落花风里，竹院煎茶，藉云液一杯，消除酒渴，亦称清福矣。放翁诗：春烟寺院敲茶鼓，夕照楼台卓酒旗。皆写诗人闲适之致。

赤壁——杜牧

折戟沉沙铁未销，自将磨洗认前朝。
东风不与周郎便，铜雀春深锁二乔。

诗言赤壁鏖兵之地，沙中折戟，犹认残痕。寻废镞于长平，出断戈于灞上，千古英雄战伐，可胜叹耶！后二句言，周郎亦侥幸成功，设当日东风不竞，则二乔丽质，将归铜雀台中，在宫女分香之列，安得儿女江山，流传名迹乎？

泊秦淮——杜牧

烟笼寒水月笼沙，夜泊秦淮近酒家。

商女不知亡国恨，隔江犹唱后庭花。

后庭一曲，在当日琼枝璧月之场，狎客传笺，纤儿按拍，无愁之天子，何等繁荣！乃同此珠喉清唱，付与秦淮寒夜。商女重歌，可胜沧桑之感。刘梦得诗：淮水东边旧时月，夜深还过女墙来。无情之明月，宜其不解悲欢。以商女之明慧善歌，而亦如无知之木石。独有孤舟行客，俯仰兴亡，不堪重听耳。

题桃花夫人庙——杜牧

细腰宫里露桃新，脉脉无言度几春。
至竟息亡缘底事，可怜金谷堕楼人。

咏桃花夫人者，多讥刺之语。诗谓息之亡国，端为何人，乃仅以不语表其哀怨，有愧于绿珠风节矣。后人有句云：千古艰难唯一死，伤心岂独息夫人。虽为息姬原谅，而致慨者尤多。故吴骏公有"止欠一死"之叹也。

寄扬州韩绰判官——杜牧

青山隐隐水迢迢，秋尽江南草未凋。
二十四桥明月夜，玉人何处教吹箫？

首句言列岫横云，遥波荡夕，谓扬州之远也。次言芳草一碧，未觉秋寒，谓气候之美也。后二句言，当年二十四桥头，飞羽觞而醉月，听微风之过箫，浓情化酒，滴滴皆甘。今宵明月依然，箫谱重修，何处问玉人踪迹？洵如其《遣怀》诗所谓一梦青楼，真成薄幸矣。

南陵道中——杜牧

南陵水面漫悠悠，风紧云寒欲变秋。
正是客心孤迥处，谁家红袖凭江楼。

此诗纯以轻秀之笔，达宛转之思。首句咏南陵，已有慢橹开波之致。次句咏江上早秋，描写入妙。后二句尤神韵悠然，意谓客怀孤寂之时，彼美谁家，江楼独倚。因红袖之当前，忆绿窗之人远，遂引起乡愁。云鬟玉臂，遥念伊人，客心更无以自聊矣。

遣怀——杜牧

落魄江湖载酒行，楚腰纤细掌中轻。
十年一觉扬州梦，赢得青楼薄幸名。

此诗着眼在"薄幸"二字。以扬郡名都，十年久客，纤腰丽质，所见者多矣，而无一真赏者，不怨青楼之萍絮无情，而反躬自嗟其薄幸，非特忏除绮障，亦诗人忠厚之旨。

山行——杜牧

> 远上寒山石径斜，白云深处有人家。
> 停车坐爱枫林晚，霜叶红于二月花。

诗人之咏及红叶者多矣，如"林间暖酒烧红叶""红树青山好放船"等句，尤脍炙词坛，播诸图画。唯杜牧诗专赏其色之艳，谓胜于春花，当风劲霜严之际，独绚秋光。红黄绀紫，诸色咸备，笼山络野。春花无此大观，宜司勋特赏于艳李秾桃外也。

怀吴中冯秀才——杜牧

> 长洲苑外草萧萧，却计邮程岁月遥。
> 唯有别时今不忘，暮烟秋雨过枫桥。

唐人送友诗，大抵把酒牵裾，临歧送目，写黯然南浦之怀。此独追忆昔年临别情景，烟雨枫桥宛然在目。深情积思，等于久要不忘之谊也。

七夕——杜牧

银烛秋光冷画屏，轻罗小扇扑流萤。

瑶阶夜色凉如水，坐看牵牛织女星。

为秋闺咏七夕情事。前三句写景极清丽，宛若静院夜凉，见伊人逸致。结句仅言坐看双星，凡离合悲欢之迹，不着毫端，而闺人心事，尽在举头坐看之中。若漠漠无知者，安用其坐看耶？

华清宫——杜牧

零叶翻红万树霜，玉莲闲蕊暖泉香。

行云不下朝元阁，一曲淋铃泪万行。

前二句赋骊山秋色及华清池。三句追忆杨妃，用空灵之笔。画阁犹开，而巫云梦断；张徽一曲，南内无人，宜玄宗之挥泪也。

郡楼有宴病不赴——杜牧

十二层楼敞画檐，连云歌尽草纤纤。

空堂病怯阶前月，燕子嗔垂一桁帘。

前二句平叙郡楼欢宴，经意处在后二句。空阶明月，辜负良宵。用一"怯"字，已足状病中慵态；更言重帘不卷，写足深院无人之静境。而托诸燕子嗔垂，意尤深婉。

边上闻笳——杜牧

何处吹笳薄暮天，塞垣高鸟没狼烟。
游人一听头堪白，苏武争禁十九年。

诗有咏正面难于出色，而侧击旁敲，更为得力者，此类诗是也。苏武绝域羁臣，备尝艰苦。作者既咏悲笳感人，复借笳声，以咏苏武，用"一听头白"四字，以见十九年中，历人所难堪之境。况悠长岁月，所闻者宁止胡笳！此二句，可谓力透纸背矣。

金谷园——杜牧

繁华事散逐香尘，流水无情草自春。
日暮东风怨啼鸟，落花犹似坠楼人。

前三句景中有情，皆含凭吊苍凉之思。四句以花喻人，以落花喻坠楼人，伤春感昔，即物兴怀，是人是花，合成一派凄迷之境。

暮春浐水送别——韩琮

绿暗红稀出凤城，暮云宫阙古今情。

行人莫听宫前水，流尽年光是此声。

题虽送别，而全首诗意，全不在此。第二句，已有秦宫汉殿，兴亡今古之怀。四句更寄慨无穷。年光冉冉，难挥落日之戈；逝水滔滔，孰鼓回澜之力。何其意之超而音之悲耶？

戏赠李主簿——施肩吾

官罢江南客恨遥，二年空被酒中消。

不知暗数春游处，偏忆扬州第几桥。

解组归来，历二年之久，借酒消愁。回首京华冠盖，文酒登临，何事不堪追忆，而偏忆扬州风月！李主簿绮障未销，宜其题为"戏赠"云。

和孙明府怀旧山——雍陶

五柳先生本在山，偶然为客落人间。

秋来见月多归思，自起开笼放白鹇。

因思归而起放白鹇，推己及物，蔼然仁言。与"剔开红焰救飞蛾"同一慈惠之思，并见困守尘埃。正如东坡诗之"常恐樊笼中，摧我鸾鹤襟"也。

城西访友人别墅——雍陶

澧水桥西小径斜，日高犹未到君家。
村园门巷多相似，处处春风枳壳花。

咏乡村风物者，宜以闲淡之笔，写天然之景，山花野草，皆可入诗。王渔洋自赏其"开遍空山白茇花"句，颇似此作第四句之意。村居门户，大致相类，不似城居楼宇，斗丽争新。而春色无私，不以郊居简陋，而减其景物。诵"处处春风"句，为之意远。

天津桥春望——雍陶

津桥春水浸红霞，烟柳风丝拂岸斜。
翠辇不来金殿闭，宫莺衔出上阳花。

极写津桥烟景之丽，益见故宫荒寂之悲。宫花无主，付与流莺，句殊凄恻。崔鲁诗：门横金锁悄无人，落日西风渭水滨。刘禹锡诗：晚来风起花如雪，飞入宫墙不见人。隋苑唐宫，一例销沉腐草，良可悲矣。

华山题王母祠——李商隐

莲花峰下锁雕梁，此去瑶池地正长。

好为麻姑到东海，劝栽黄竹莫栽桑。

唐人咏神仙诗，每含警讽。义山此诗亦然。以王母之神奇，何虑沧桑变易，诗乃言莫栽桑树，瞬成沧海，贻笑麻姑，不若歌成黄竹，万年之为乐未央，殆有讽意也。其"瑶池阿母"一首，意亦相似。

北齐——李商隐

巧笑知堪敌万几，倾城最在着戎衣。

晋阳已陷休回顾，更请君王猎一回。

名都已失，戎马生郊，而犹羽猎戎装，掷金瓯而不顾。后二句神采飞扬，千载下诵之，如闻香口宛然，词人妙笔也。俯仰黍离遗恨，南内方起桂宫，而北兵近逾瓜步；擒虎已临铁甲，而丽华犹唱琼枝，酣嬉亡国，宁独小怜一笑耶？又有咏齐宫云：梁台歌管三更罢，犹自风摇九子铃。人去台空，风铃自语，不着议论，洵哀思之音也。

夜雨寄北——李商隐

> 君问归期未有期，巴山夜雨涨秋池。
> 何当共剪西窗烛，却话巴山夜雨时。

清空如话，一气循环，绝句中最为擅胜。诗本寄友，如闻娓娓清谈，深情弥见。此与"客舍并州已十霜"诗，皆首尾相应，同一机轴。

寄令狐郎中——李商隐

> 嵩云秦树久离居，双鲤迢迢一纸书。
> 休问梁园旧宾客，茂陵秋雨病相如。

义山与令狐相知久，退闲以后，得来书而却寄以诗，不作乞怜语，亦不涉触望语。鬓丝病榻，犹回首前尘，得诗人温柔悲悱之旨。

汉宫词——李商隐

> 青雀西飞竟未回，君王长在集灵台。
> 侍臣最有相如渴，不赐金茎露一杯。

前二句言求仙之虚妄，以一"竟"字唤醒之，而君王仍长日登台不悟。三四句以相如病渴、金盘承露两事，连缀用之，见汉武之见贤而不能举。此殆借酒以浇块垒，自嗟其身世也。

柳——李商隐

曾逐东风拂舞筵，乐游春苑断肠天。
如何肯到清秋日，带得斜阳又带蝉。

此咏柳兼赋兴之体也。当其袅筵前之舞态，拂原上之游人，曾在春风得意而来。乃一入清秋，而枝抱残蝉，影低斜日，光景顿殊。作者其以柳自喻，发悲秋之叹耶？抑谓柳之无情，虽芳时已过，而带蝉映日，犹逞余姿，不知有江潭摇落之感耶？但觉诵之凄黯耳。

为有——李商隐

为有云屏无限娇，凤城寒尽怕春宵。
无端嫁得金龟婿，辜负香衾事早朝。

寒尽怕春宵句，殆有春色恼人眠不得之意。夫婿方金龟贵显，辨色趋朝，古乐府所谓"东方千余骑，夫婿居上头"，正闺人满志之时，乃转怨金阙之晓钟，破锦帷之同梦。人生欲望，安有满足之期。以诗而论，绮思妙笔，固香屑集中佳选也。

饮席代官妓赠两从事——李商隐

新人桥上着春衫，旧主江边侧帽檐。
愿得化为红绶带，许教双凤一时衔。

化为绶带二句，从渊明闲情诗"愿在发而为泽，愿在履而为
丝"等句点化而出。身化双带，分系新旧从事，颇见巧思。近人
孙原湘诗：何缘身作王余片，分属江东大小乔。王余乃一鱼两身
之鱼，较绶带尤为切合。

咏史——李商隐

北湖南埭水漫漫，一片降旗百尺竿。
三百年间同晓梦，钟山何处有龙盘。

金陵虽踞江山之胜，而王业不偏安。六朝之熠火兴亡无论矣，
即明祖开基，而燕师旋起。玉溪谓三百年间，降旗屡举，知虎踞
龙盘，未可恃金汤之固。其后五代匆匆起灭，仅甲子一周。玉溪
生有灵，当谓晓梦之言验矣。

汉宫——李商隐

通灵夜醮达清晨，承露盘晞甲帐春。
王母西归方朔去，更须重见李夫人。

此诗与集中《王母祠》《瑶池》二诗相似。西母遐升，东方玩世，即李夫人之帐中神采，亦望而莫接。玉化如烟，而汉武崇尚虚无，迄无觉悟。唐代尊奉老聃，宫廷每尊奉仙灵，相沿成习。玉溪借汉宫以托讽耳。

江东——李商隐

惊鱼泼剌燕翩翻，独自江东卜钓船。
今日春光太飘荡，谢家轻絮沈郎钱。

江东为衣冠文物荟萃之区。英豪才俊，辉映简册者，固代有其人，而其中孤客羁栖，美人沦落者，不知凡几。诗中谢絮沈钱，殆为文士名媛，齐声一叹。不若扁舟江上，看燕飞鱼跃，翛然物外也。

宫词——李商隐

君恩如水向东流，得宠忧移失宠愁。
莫向尊前奏花落，凉风只在殿西头。

唐人赋宫词者，鸦过昭阳，阶生春草，防琼轩之鹦语，盼月夜之羊车，各写其怨悱之怀。此诗独深进一层写法，谓不待花枝零落，预料凉风将起，堕粉飘红，弹指间事，犹妾貌未衰，而君恩已断。其语殊悲。推其第二句移宠之意，士大夫之患得患失，因之丧志辱身者多矣，岂独宫人之回皇却顾耶？

望远——李商隐

楼上黄昏望欲休，玉梯横绝月中钩。
芭蕉不展丁香结，同向春风各自愁。

前二句楼上玉梯之意，与李白之"暝色入高楼，有人楼上愁。玉梯空伫立，望断归飞翼"词意相似。乃述望远之愁怀。后二句，即借物写愁。丁香之结未舒，蕉叶之心不展，春风纵好，难破愁痕。物犹如此，人何以堪。可谓善怨矣。

板桥晓别——李商隐

回望高城落晓河，长亭窗户压微波。
水仙欲上鲤鱼去，一夜芙蓉红泪多。

玉溪之绝句，或运典雅切，或构思深湛者为多，而全用辞采者少。此作三四句，纯以凄艳之词，寓伤离之意。行者则托诸鲤鱼，别泪则托诸芙蓉，寄情于景，且神韵悠然，集中稀见也。

过楚宫——李商隐

巫峡迢迢旧楚宫，至今云雨暗丹枫。

微生尽恋人间乐，只有襄王忆梦中。

唐人有咏襄王诗云：楚峡云娇宋玉愁，月明溪静隐银钩。襄王定是思前梦，又抱霞衾上翠楼。与此诗第四句合观之，若仅言襄王之幻境流连，乐而忘返；然合此诗三四句观之，则人生万象当前，刹那间皆成泡影，有何乐之可恋，而世人不悟，不若迷离一枕，与世相遗。作者其有出世之想，借襄王为喻也。

嫦娥——李商隐

云母屏风烛影深，长河渐落晓星沉。

嫦娥应悔偷灵药，碧海青天夜夜心。

嫦娥偷药，本属寓言；更悬揣其有悔心，且万古悠悠，此心不变，更属幽玄之思。词人之戏笔耳。

忆住一师——李商隐

无事经年别远公，帝城钟晓忆西峰。

炉烟消尽寒灯晦，童子开门雪满松。

　　第三四句之写景，皆从二句之"忆"字而来。香尽灯昏，松林雪满，在城居夜坐时，悬想山寺清寒之境。与韦应物诗"冻雪封松竹，悬灯独自宿"等句，意境极相似，皆遥写山僧静趣也。

寄蜀客——李商隐

君到临邛问酒垆，近来还有长卿无？

金徽却是无情物，不许文君忆故夫。

　　此诗意有所讽，相如文君，乃假托之词，否则远道寄诗怀友，而泛论千载上临邛事，于义无取。诗人咏文君者，每有微辞，此则归咎金徽。意谓文君若无丝桐吟咏之才，则相如无缘接近，盖深惜为多才所误。犹之西第颂成，致损马融之望；美新论就，终嗟投阁之才。文人失足，岂独才媛。题标蜀客者，本属无是公，藉以寓讽耳。

贾生——李商隐

宣室求贤访逐臣，贾生才调更无伦。

可怜夜半虚前席，不问苍生问鬼神。

玉溪绝句，属辞蕴藉，咏史诸作，则持正论，如《咏宫妓》及《涉洛川》《龙池》《北齐》与此诗皆是也。汉文贾生，可谓明良遇合，乃召对青蒲，不求说论，而涉想虚无，则孱主庸臣，又何责耶？

赠弹筝人——温庭筠

天宝年中事玉皇，曾将新曲教宁王。

钿蝉金雁皆零落，一曲伊州泪万行。

唐天宝间，君臣暇逸，歌舞升平。由极盛而逢骤变，由离乱而复收京。残余菊部，白头犹念先皇；老去词人，青琐重瞻禁苑。闻歌感旧，屡见于诗歌。如：白尽梨园弟子头，旧人唯有米嘉荣。一曲淋铃泪万行，村笛犹歌阿滥堆。皆有重闻天乐不胜情之感，与飞卿之金雁钿蝉，齐声一叹也。

瑶瑟怨——温庭筠

冰簟银床梦不成，碧天如水夜云轻。

雁声远过潇湘去，十二楼中月自明。

　　通首纯写秋闺之景，不着迹象，而自有一种清怨。题为"瑶瑟怨"，以之谱入冰弦，如听阳关凄调也。首句"梦不成"三字，略露闺情。以下由云天而闻雁，而南及潇湘，渐推渐远，怀人者亦随之神往。四句仍归到秋闺。雁书莫寄，剩有亭亭孤月，留伴妆楼。不言愁而愁与秋宵俱永矣。飞卿以诗人而兼词手，此诗高浑秀丽，作词境论，亦五代冯韦之先河也。

赠郑征君——温庭筠

一抛兰棹逐燕鸿，曾向江湖识谢公。

每到朱门还怅望，故山多在画屏中。

　　首句谓释褐趋朝。次句谓江湖旧谊。三四句谓回首乡山，聊藉画屏以涉想。虽荣列朱门，而已违初愿。夫弓旌应召，亦属恒情。世固有屡征不应，坚卧邱园者，但郑非其人。飞卿殆微讽之。

题端正树——温庭筠

路旁佳树碧云愁，曾侍金舆幸驿楼。
草木荣枯似人事，绿阴寂寞汉陵秋。

树在辇道之旁，曾荷玄宗宸赏。一朝衰盛，固弹指间事。即树耐风霜，稍延岁月，但视汉陵松柏，至今菌蚀苔埋，同归灭没，况长安棋局，能不生悲！抚勤政楼前之柳，落连昌宫畔之桃，词客行吟，后先同慨也。

经故翰林袁学士居——温庭筠

剑逐惊波玉委尘，谢安门下更何人。
西州城外花千树，尽是羊昙醉后春。

文士之驰骛名场者，结绿韬光，忽逢薛下，感幸何如。方蛇珠之图报，俄马帐之惊寒，后堂重过，泪尽彭宣。此诗情词凄恻，洵谊重师门者。唐人诗：曾绝朱缨吐锦茵，欲披荒草访遗尘。秋风忽洒西园泪，满目山阳笛里人。亦有飞卿之感也。

河中紫极宫——温庭筠

昔年曾伴玉真游，每到仙宫即是秋。

曼倩不归花落尽，满丛烟露月当楼。

此作与所录前二首，皆追念往事。但题端正树，则眷怀故君；过袁宅，则不忘师谊。此诗丹房花落，黄鹤仙遥，不过感旧怀人之作。而词客多情，触绪萦怀，皆激楚之音也。

题分水岭——温庭筠

溪水无情似有情，入山三日得同行。
岭头便是分头处，惜别潺湲一夜声。

独客长征，有清溪宛转，三日随行，慰情胜无，遂有浮屠三宿桑下之恋。于无情处生情，情所由来，殆本天赋。若万物皆漠漠视之，宇宙几无生趣矣。飞卿此诗，我之对物有情也。唐戎昱《移家别湖上亭》诗：黄莺久住浑相识，欲别频啼四五声。物之对我有情也。物犹如此，人能如太上忘情乎？

鄠杜郊居——温庭筠

槿篱芳草近樵家，陇麦青青一径斜。
寂寞游人寒食后，夜来风雨送梨花。

诗写郊居寂寞之境。寒食甫过，春光未老，而已绝游人，况零落梨花，又兼风雨。逐层写出，极表其郊野之萧寥也。

寄桐江隐者——许浑

> 潮去潮来洲渚春，山花如绣草如茵。
> 严陵台下桐江水，解钓鲈鱼能几人！

桐江山水秀绝。子陵去后，千载来客，星楼上，更无配食之人，宜四句"有几人"之叹。而此隐者，得诗人为侣，当是俊流。惜失其姓名，不得与严郡三高合传，续招仙之谣也。

经秦皇墓——许浑

> 龙蟠虎踞树层层，势入浮云亦是崩。
> 一种青山秋草里，行人唯拜汉文陵。

始皇墓，自牧火宵焚，久已沙沉白骨。汉文陵去唐时未远，尚有夕阳下马之人。仁暴之悬殊若此！伊古以来，万乘尊荣，而一抔埋灭者，何止登封之七十二君耶？

谢亭送别——许浑

劳歌一曲解行舟，红叶青山水急流。
日暮酒醒人已远，满天风雨下西楼。

唐人送别诗，每情文兼至，凄音动人。如"君向潇湘我向秦""明朝相忆路漫漫""西出阳关无故人""不及汪伦送我情"及此诗皆是也。曲终人远，江上峰青，倘令柳枝娘凤鞋点拍，曼声歌之，当怨入落花深处矣。

送宋处士归山——许浑

卖药修琴归去迟，山风吹尽桂花枝。
世间甲子须臾事，逢着仙人莫看棋。

处士解卖药修琴，当非俗客。而作者戏嘲之，谓莫看仙棋，恐烂柯重到，城郭人民，有鹤归之感。盖因其留连城市，秋老未归，故讽以诗也。

紫藤——许浑

绿蔓秾阴紫袖低，客来留坐小堂西。
醉中掩瑟无人会，家近江南罨画溪。

此作句秀而音婉，其命意所在，可就第三句观之。当藤花盛放，紫云翠幄中，留宾欢醉，而忽悠然掩瑟，感会意之无人。盖忆罨画溪边往事，风景依稀，未得逢人而语，故罢弹惆怅耳。

乌栖曲——赵嘏

宫乌栖处玉楼深，微月生檐夜夜心。
香辇不回花自落，春来空佩辟寒金。

作宫怨诗者，每言羊车不至，或抚纨扇以兴悲，或弹筝筑以寄怨。此作结句，亦借物书怀。深宵花落，甘耐春寒，安用明金之回暖。唐人诗中用"辟寒金"者，尚有"春瘦已宽连理带，夜长谁赠辟寒金"句，皆妍词凄韵也。

经汾阳旧宅——赵嘏

门前不改旧山河，破虏曾轻马伏波。
今日独经歌舞地，古槐疏冷夕阳多。

汾阳为唐室中兴元辅，乃正朔未更，而高勋名阀，已换槐荫斜日，一片凄迷，誓寒带砺，唐帝亦寡恩哉！张籍有汾阳旧宅改法雄寺诗，则舞榭歌台，更无遗迹矣。

西江晚泊——赵嘏

茫茫霭霭失西东，柳浦桑村处处同。

戍鼓一声帆影尽，水禽飞起夕阳中。

凡江行入暮时，上下舟樯，次第卸帆收港。江空无人，烟水迷茫中，唯有水禽翔泊。此诗诚善写江天入暮，空阔萧寥之状。

江楼感旧——赵嘏

独上江楼思悄然，月光如水水如天。

同来玩月人何在，风景依稀似去年。

唐人绝句，有刻意经营者，有天然成章者。此诗水到渠成，二十八字一气写出。月明此夜，风景当年，后人之抚今追昔者，不能外此。在词家中，唯"月到旧时明处，与谁同倚阑干"句，与此诗意境相似。

边庭——卢汝弼

朔风吹雪透刀瘢，饮马长城窟更寒。

夜半火来知有敌，一时齐保贺兰山。

作边塞诗者，或述征戍之苦，或表怀乡之思，此独言防秋之忠勇。前二句，极状边地严寒。后二句言，夜半忽堠烽传警，虏骑窥边。一时万甲齐趋，竟保西陲险隘。军令之整肃，将士之争先，皆于末句七字见之，觉虎虎有生气也。

送友人游边——马戴

> 有客新从绝塞回，自言曾上李陵台。
> 樽前话尽北风起，秋色萧条胡雁来。

此诗一气挥写，仅言边景，不言送别，唯略带远游及塞外早寒之意。沈归愚评唐人诗"有以气为主者，有以意为主者"，此作重在气格之高，不在修饰词句也。

折杨柳——薛能

> 洛桥晴影覆江船，羌笛秋声湿塞烟。
> 闲想习池公宴罢，水蒲风絮夕阳天。

折杨柳为送别之歌，当是朝官有公饯远行者，咏其事而未确指其人。水蒲风絮句，韵致殊胜，犹之江淹赋春草绿波，写景而离情自见。

席上赠琴客——崔珏

七条弦上五音寒，此艺知音自古难。
唯有开元房太尉，始终怜得董庭兰。

牙琴罢鼓以来，知音难得。若房太尉以秉钧上相，怜古调琴师，世间能有几人。观其次句之意，赠琴客兼以自叹，寓斯人憔悴之感也。

邺宫词——陆龟蒙

花飞蝶骇不愁人，水殿云廊别置春。
晓日靓妆千骑女，白樱桃下紫纶巾。

唐室盛时，宫闱恣纵，每有戎妆宫眷，跃马天衢。诗言云廊水殿，尚未畅游观，而别翻新样，晓色初开，已见千骑秾妆，纶巾耀日。奇丽则有之，其如朝政何？诗咏邺宫，盖借以讽谏也。

怀宛陵旧游——陆龟蒙

陵阳佳地昔年游，谢朓青山李白楼。
唯有日斜溪上思，酒旗风影落春流。

宛陵为溯江胜地，诗吟澄练，楼倚谪仙，更得风影酒旗佳句。客过陵阳，益彰名迹，犹之桃花流水，遂传西塞之名，杨柳晓风，争唱井华之句也。

白莲——陆龟蒙

素花多蒙别艳欺，此花端合在瑶池。
无情有恨何人见，月晓风清欲堕时。

月晓风清七字，得白莲之神韵。与昔人咏梅花"清极不知寒"、咏牡丹诗"香疑日炙消"，皆未尝切定此花，而他处移易不得。可意会不可言传也。

木兰花——陆龟蒙

洞庭波浪渺无津，日日征帆送远人。
几度木兰舟上望，不知原是此花身。

在舟中见木兰花，而所乘者，即木兰之楫。身既成舟，与花何涉。释氏所谓以筏喻者，乘筏已登彼岸，焉用筏为。此诗咏木兰之意亦然，花与舟乃一而二者，可以悟身世矣。

病酒——皮日休

> 郁林步障尽遮明，一炷浓香养病醒。
> 何事晚来还欲饮，隔墙闻卖蛤蜊声。

　　既已掩帷病酒，闻街头唤卖蛤蜊声，又动杯中之兴。一醉则万虑皆忘，昔人所谓那知许事，且食蛤蜊也。陆放翁止酒后，复有"杯汝前来"之句。黄山谷有"醉乡有路频到，此外不堪行"之词。诗人嗜酒，先后有同情也。

淮上与友人别——郑谷

> 扬子江头杨柳春，杨花愁杀渡江人。
> 数声风笛离亭晚，君向潇湘我向秦。

　　送别诗，唯西出阳关，久推绝唱。此诗情文并美，一片凄音，可称嗣响。凡长亭送客，已情所难堪，况楚泽扬，秦关策马，飘零书剑，各走天涯，与客中送客者，皆倍觉魂销黯黯也。

席上赠歌者——郑谷

> 花月楼台近九衢，清歌一曲倒金壶。
> 坐中亦有江南客，莫向春风唱鹧鸪。

声音之道，最易感人。昔人诗，若"此夜曲中闻折柳，何人不起故园情""横笛偏吹行路难，一时回首月中看"等句，孤客殊乡，每易生感。此诗亦然。听歌纵酒，本以排遣客愁。叮咛歌者，勿唱鹧鸪江南之曲，动我乡思，正见其乡心之深切也。

金陵晚望——高蟾

> 曾伴浮云归晚翠，犹陪落日泛秋声。
> 世间无限丹青手，一片伤心画不成。

画实境易，画虚境难。昔人有咏行色诗云：赖是丹青无画处，画成应遣一生愁。与此诗后二句相似。行色固难着笔，伤心亦未易传神。金陵为帝王所都，佳丽所萃，追昔抚今，百端交集。伤心人别有怀抱，纵有丹青妙手，安能曲绘其心耶？此诗佳处在后二句，迥胜前二句也。

宫怨——司马札

> 柳色参差掩画楼，晓莺啼送满宫愁。
> 年年花落无人见，空逐春泉出御沟。

三四句借落花以自喻。花落而无人顾惜，固属可悲，而尚随沟水，流向人间。若己则终老长门，出宫无日，并落花而不如矣。

华清宫（二首）——崔鲁

其一

草遮回磴绝鸣鸾，云树深深碧殿寒。

明月自来还自去，更无人倚玉阑干。

其二

门横金锁悄无人，落日秋声渭水滨。

黄叶下山人寂寂，湿云如梦雨如尘。

前录王建诗，纪华清宫之极盛，此录崔鲁诗，言华清宫之衰废。第一首言宫内。明月自来二句，玄宗归来感旧之意自寓其中，与"月明南内更无人"句，同一凄绝。第二首言宫外。四无人声，宫门深锁，回首天半笙歌，殊有鹤归之感。宋人《故宫》诗：漆车夜出宫门静，凉雨萧萧德寿宫。与此诗意境相似。失家亡国，可胜叹耶！

折杨柳——王贞白

枝枝交影锁长门，嫩色曾沾雨露恩。

凤辇不来春欲尽，空留莺语到黄昏。

白乐天咏故宫杨柳诗：楼前一株柳，长庆二年人。赋体也。

此托之折杨柳词，以感怀故主，兴体也。诗人之咏柳者，曰菀彼柳斯，曰杨柳依依，曰有菀者柳，曰东门之杨……藉曼绿柔条之态，各写其歌离感事之怀，而未有寓弓剑之悲者。此诗沾恩随凤辇之尘，吊影剩莺簧之语，词臣恋主，音哀以思。顾亭林咏灵和殿柳"泪洒西风"，同此感也。

小楼——储嗣宗

> 松杉风外乱山青，曲几焚香对石屏。
> 却忆去年春雨后，燕泥时污太玄经。

前二句写景，已是一片静趣。后二句着想更高。当春物骀荡，群事嬉游，而独坐读太玄经，梁落燕泥，弥见幽寂。迨隔岁回思，若有余味，知其天怀之淡定也。

放鹧鸪——罗邺

> 好倚青山与翠溪，刺桐毛竹待双栖。
> 花时迁客伤离别，莫向相思树上啼。

唐人诗"自起开笼放白鹇"，因思归而放鸟，推己及物也；"莫向春风唱鹧鸪"，因物感怀也。此则惠及羁禽，更嘱其勿伤迁客之心，推己及物，而兼及人，更为仁人之言矣。

秋怨——罗邺

> 梦断南窗啼晓乌，新霜昨夜下庭梧。
> 不知帘外如规月，还照边城到晓无？

深闺绝塞，天远书沉，所空际寄情者，唯万里外共对一轮明月，已属幽邈之思。作者更言，秋闺夜午，月渐西沉，不知塞外月斜，可还照征人铁甲？愈见思曲而苦矣。

花下——司空图

> 故国春归未有涯，小楼高槛别人家。
> 五更惆怅回孤枕，自取残灯照落花。

表圣为唐末完人。此诗殊有君国之感。首句言收京之无望。次句言河山之易主。三四句，明知颓运难回，犹冀一旅一成，倘能兴夏。不敢昌言，以残灯落花为喻，顾周原之禾黍，徘徊而不忍去也。

闻雨——韩偓

> 香侵蔽膝夜寒轻，闻雨伤春梦不成。

罗帐四垂红烛背，玉钗敲著枕函声。

闻雨由闺思着笔，帐垂烛背，幽寂无声，唯闻玉钗敲枕。但写景物，而深宵听雨，伤春怀人之意，自在其中。句殊妍婉。

已凉——韩偓

碧阑干外绣帘垂，猩色屏风画折枝。

八尺龙须方锦褥，已凉天气未寒时。

上首《闻雨》，尚有"伤春"二字着眼。此则由阑干绣帘，而至锦褥，迤逦写来，纯是景物；而景中有人，隐有小怜玉体，在凉凉罗帐掩映之中。丽不伤雅，《香奁集》中隽永也。

寒食夜——韩偓

恻恻轻寒剪剪风，杏花飘雪小桃红。

夜深斜搭秋千索，楼阁朦胧细雨中。

春日多雨。唐人诗如"春在蒙蒙细雨中""多少楼台烟雨中"，昔人诗中屡见之。此则写庭院之景。楼阁宵寒，秋千罢戏，其中有剪灯听雨人在也。

深院——韩偓

鹅儿唼喋栀黄嘴，凤子轻盈腻粉腰。
深院下帘人昼寝，红蔷薇映碧芭蕉。

写深闺昼寝，而以妍丽之风景映之，静境中有华贵气。唐树义诗：行近小窗知睡稳，湘帘如水不闻声。虽极写静境，而含情在言外，与韩诗略同。

新上头——韩偓

学梳蝉鬓试新裙，消息佳期在此春。
为爱好多心转惑，遍将宜称问傍人。

迫吉有期，新妆乍试，明知梳裹入时，而犹问傍人者，一生爱好，不厌详求。作者善状闺人情性也。至嫁后，则画眉深浅，问夫婿而不问傍人。同一爱好，更饶风趣矣。

长门怨——刘驾

御泉长绕凤皇楼，只是恩波别处流。
闲揲舞衣归未得，夜来砧杵六宫秋。

首二句借泉流取喻，言君恩已属他人。宫怨之本意也。三句言，舞衣虽好，只贮空箱。言一己之怨也。四句言，六宫砧杵，同听秋声，则粉黛三千，齐声一叹，承恩者有几人耶？

湘中谣——崔涂

烟愁雨细云冥冥，杜兰香老三湘清。
故山望断不知处，鶗鴂隔花时一声。

歌谣与竹枝水调相类，重在音节入古，而用意则超于象外，斯为合作。此诗前二句写景，而已含愁思。三句表怀乡之意。四句言隔花鶗鴂，催换芳年，益复动人归思，悠然有弦外之音。